等下一首情歌

Until I Found You

他在我心上，如蝴蝶翩翩起舞，
捎來悸動的聲息。

抒靈——著

關於那男孩的一切，我總在自欺欺人。

猶如編織著最美好的夢境般，無法自拔地耽溺其中。

我天眞地認爲只要習慣了說謊，內心將不再感到違和，久而久之，謊言或許就會成眞，那我便能長長久久地待在他的身邊。

因爲那是僅我一人才擁有的特權。

然而，夢只是夢，至於謊言，終究也只是謊言。

第一章　夏至

「你說什麼？」我皺起眉，注視著站在眼前的賴毅森，有些懷疑自己聽力出了問題，或者根本還在睡夢中。

然而，夏日聒噪的蟬鳴正此起彼落，晌午的陽光傾落在走廊外的金色大道上，與男孩透著靦腆的笑顏交相輝映，燦爛卻刺眼。

我想我非常清醒，畢竟連胸口的微窒感都如此清晰。

「我的意思是，妳跟周穎童不是同班嗎？」彷彿沒察覺到我的異常，賴毅森合起雙掌討好似地請求：「製造點機會讓我跟她變熟，對妳來說應該輕而易舉吧？求妳啦，姒妍。」

我抿起雙唇，無聲嘆息。

第一，雖然同班，但我跟周穎童從開學至今，並沒有太深入的交情。

第二，對有輕微社交障礙的人而言，這要求哪裡輕鬆了？

難怪稍早在路上偶遇時，他會莫名其妙地追上來，說要陪我去導師室交週記。我和他不同班，導師室跟教室又相隔好一段距離，以賴毅森平時能坐車就絕不走路的個性，這太不尋常了。

眼下答案揭曉，果然無事不登三寶殿，我慶幸自己十分了解他，沒有期待就沒有傷害。

「你直接在路上攔住她，說想認識她，大概會更有效率一點。」我抬手壓住被風吹亂的長髮，凌亂的髮絲跟眼下的心情一個模樣，我只能強裝鎮定地道：「除了班務，我跟周穎童沒有其他交集，況且第二學期快結束了，與其期待我會在短短的一個月內跟她感情變好，不如你自己努力努力？」

高一結束，上了高二會再次分班，雖說我和周穎童填了同一類組，但也不見得會再次被分到同一班。

現在知道賴毅森對她感興趣後，我更不希望跟周穎童有太深的緣分，否則長期積鬱過甚的話，我擔心自己老得早、死得快。

我深吸了口氣，「再說了，對外，我還是你名義上的女朋友，就算我製造了機會，她對你也很難有其他想法吧？除非你向所有人澄清這件事。」

賴毅森垮下臉，眼神無辜，像隻被大雨淋得渾身溼透的黃金獵犬，乖巧可憐。我實在拿他這張臉沒轍，他從小就這樣，很明白用怎樣的方式可以讓我投降。

「為什麼是周穎童？」我不解。

賴毅森一直是個受女孩子青睞的對象，但多年來，即使那麼多人對他表白，他依然選擇待在我身邊，現在為何突然想擺脫？是我太無趣讓他受不了了嗎？

可惜我根本問不出口。

「我也不知道耶。」賴毅森搔搔臉，視線飄向一邊，似乎在斟酌著說法，「第一眼就覺得……好像是她，然後花了快一年的時間反覆確認，嗯，就是她。」

哦，天啊，我怎麼會問他這種蠢問題？

周穎童確實擁有足以讓人一見傾心的外貌條件。她長相甜美，又不失親和力，睇起眼綻放笑容的時候，簡直自帶聖光，身旁一干人等全成了灰頭土臉的陪襯，形容她是國民初戀也不爲過；除此之外，她的脾氣溫和、性格和善，再加上八面玲瓏的交際能力，有誰會不喜歡她？

就連和她互動甚少的我，也很難不對她產生好感。跟周穎童比較起來，我的確不夠好。

所以說，爲什麼是賴毅森呢？或許我才該好好思考這個問題的答案。

「今天下午有班長會議，你會去吧？但我身體不舒服，會請副班長代爲出席。」我垂下眼睫，躲開賴毅森探究的目光，也不願目睹他將陡然煥發的神采。「副班長是周穎童。」

空氣沉默了好久。正當我快受不了難熬的靜寂，準備用眼角餘光偷覷他時，賴毅森猛然向前握住我的手，上下搖晃。

「謝謝妳，姒妍！妳不愧是我的神燈精靈。」樂不可支的口吻，哪還有幾分鐘前的垂頭喪氣。

呵，他從前許的願望之一，還是拜託我當煙霧彈女友呢。

如果能重來，我絕對不會成爲什麼鬼神燈精靈，從以前到現在，賴毅森許下的何止三個願望？額度早就透支了，早該自由的我卻還心甘情願地被他禁錮。

可貪婪的不是他，是我。

自小一起長大的男孩女孩，俗稱青梅竹馬。

女孩是我，男孩是賴毅森。

比起從兩小無猜到逐漸相知相惜的浪漫，我們之間充斥的多是難以言喻、無法擺脫的黑歷史。從小就愛惡作劇的賴毅森老拖著我這個小跟班，要我替他把風，被逮到也是兩人一起被罵，久而久之，連大人們都覺得乖巧的我被他帶壞了。

明明我什麼也沒做，但偶爾回顧，我都會忍不住覺得，那是段少有的快樂時光。

最誇張的一次，是他拿麥克筆畫花了我爸的白色車子，而我沒能攔住。

事後，賴毅森被火冒三丈的賴叔拎了回去，至於我，則是坐在臉色沉痛的爸爸面前兀自發抖。

雖然當時的我年紀還小，不懂什麼是「褻瀆了爸爸的小老婆」，卻仍知事態嚴重。我擔心賴毅森被打得太慘，居然袒護他，說是自己指使的。

「妍妍，」連續深呼吸無數次，爸爸才得以扯出一個勉強的笑容，「妳不可以用這種方式幫助小森。說了一個謊，就要再說十個謊來圓，那樣只會越錯越多，知道嗎？」

年幼的我自然不明白，只是一個勁兒地點頭，將這番話刻在心底。

後來，等我終於理解那句話的意義時，卻已經爲他說了無數的謊。

長大了，也理解了，爲什麼依然無法遵循告誡呢？

「那我先回教室啦，下次還需要搬運工記得找我。」目的達成，賴毅森一蹦一跳地跑向樓梯，孩子氣十足，踏上臺階前又回頭對我拱了拱手。

我是呆還是傻，才會去找教室相隔遙遠的他幫忙？況且那疊週記我自己就能搬。反手朝賴毅森揮了兩下將他趕走，我扭過頭，揉揉有些乾澀的眼睛，拐入這一側僻靜的樓梯間，孰料下一秒，有個倚在牆邊的身影闖入我的眼角。

居然有人！

我錯愕地偏過身子後退一步，這才看清對方的面容。

居然還是個認識的人！非但同班，他還坐我後方的座位。

此時的他，正咬著鋁箔包飲料上的吸管，眼神放空，整個人猶如失去了靈魂。

「韓尙淵？」我的聲音聽起來戰戰兢兢。

他從什麼時候開始在這裡的？聽了多少？全聽見了嗎？

隔半晌，韓尙淵的雙眼才逐漸找到焦距，神情木然地和我對視，清俊的臉上看不出半分情緒。這仁兄在班上不怎麼喜愛發言，經常獨來獨往，下課時間都在位子上睡覺，我甚至快忘了他的嗓音。

如果是韓尙淵的話，我或許不用擔心他會四處跟人八卦，扯破我和賴毅森編織的謊言。

不過即使如此，總有一天，我還是得面對現實，而現實就是，我不可能一輩子當賴毅森的煙霧彈女友。

下一秒，一瓶鋁箔包飲料忽然被遞到眼前，我怔怔地望著上頭的「蜜豆奶」字樣，有點……不，十分摸不著頭緒。

呃，他是要我幫忙丟垃圾嗎？但這瓶飲料看起來尚未開封啊。

見我遲遲沒接過，韓尙淵索性直起身子拉起我的手，將飲料塞進我掌心。他淡淡道：「喝吧，看來妳和我一樣心情不好。」

我下意識握住鋁箔包，慢了半拍才理解他方才說的話。我咬住嘴唇，耳邊傳來中庭薰風拂過樹梢的沙沙聲，雖遠，卻清晰無比。

他果然都聽見了。

雖然被直接戳穿心緒，令我感到有些無所適從，但另一方面，我又隱隱約約鬆了口氣。往後，知道眞相的人將會越來越多吧，我或許也能因爲擺脫這個被安在身上的假身分，獲得一絲喘息的空間？

即便我不曉得，屆時，我該怎麼裝作若無其事，以平常心和賴毅森相處。

說眞話和說謊，究竟哪一個更難受呢？

想著想著，心情又更差了。

大概是定格太久，讓韓尙淵把我的沉思誤當成爲難，他捏了捏鼻梁嘀嘀咕咕地說：「我忘了，妳們女生老是嚷著要減肥控醣，吃個東西還得算卡路里。」他朝我伸手，「當我沒……」

「我喝。」我下意識避開了他的動作，不知為何，莫名執著於這突如其來的小小善意，「我要喝，謝……謝謝你。」

韓尚淵的手在空中滯留片刻後，才插進卡其褲口袋，偏頭看著我將吸管插進鋁箔包。我吸了一小口，正在訝異蜜豆奶比想像中好喝時，他突然打破靜默。

「飲料十五元，服務費五元，總共二十元。」

剛嚥下蜜豆奶的我愣怔幾秒後，才回過神來，遲疑地打量著他。奇怪，韓尚淵本身是這種人物設定嗎？他不應該是一句話不超過十個字，經常用「嗯」、「喔」、「隨便」塘塞問題的那種角色嗎？

為什麼我會被這種人強迫推銷呢……

困惑歸困惑，我仍維持著表面的平靜頷首道：「好，但我身上沒帶錢包，能回教室再給你嗎？」

話音甫落，我便發覺韓尚淵的雙眸微微睜圓，似乎從中透出一絲笑意，但又很快消弭於無形。

「開玩笑的。」他輕描淡寫地解釋，語氣夾雜著揶揄，「妳答得太認眞，害我都不好意思了。」

所以，我剛才其實應該要耍賴嗎？對於經常接收不到他人的正確電波這點，我也無可奈何。

「讓你請客我才不好意思。」況且我怕欠人的未來總是得還，更別說他手裡還掌握著我跟賴毅森的祕密。

彷彿聽出我的言外之意，韓尚淵半瞇起眼，我被他審視得渾身不自在，正想找藉口逃離時，他輕扯了下唇角說道：「妳就放心吧。」

不用擔心妳想的那些事——總覺得，我從那五個字背後讀出了這些訊息。

我微微蹙眉。

雖然韓尚淵很少主動與人交談，讓我稍微放心一些，但我也不可能完完全全相信他，兩面三刀的傢伙太多了。

「不然妳幫我個小小的忙，就當扯平了。」隨即，這句話撞進我耳裡。

怎麼又是幫忙！

表情一下露出了破綻，然而我不情願的模樣，也沒能阻止韓尚淵的舉動。他從卡其褲口袋中抽出手機，自顧自開啟了某個**APP**。

瞪著瞬間被華麗色彩填滿的螢幕，我滿頭滿臉全是問號。

接近期末考，下午的班會課理所當然成了自習時間。鐘聲響起前，我在座位上猶豫再三，思及與賴毅森的約定，最後仍做好心理建設，起身走向周穎童的座位。

周穎童的身材嬌小，因此坐在前排的座位，下課時間，她的周圍總圍繞著三五好友，歡聲笑語不斷，讓我偶爾會感嘆怎麼有人的人緣可以這麼好。

「穎童，抱歉打擾一下。」當我出聲時，圍在她身旁的幾個人全都停下談笑，轉頭看向我，唯有周穎童笑容不變，似乎不因我平時的沉悶無趣而有隔閡。

「啊，姒妍，怎麼了嗎？」她立刻跳了起來，繞出座位，「妳的臉色不太好，身體不舒服嗎？」

眞誠溫暖的關懷，讓人看不出一絲虛假，教人如何不對她產生好感？

這就是賴毅森喜歡的女孩子啊，我怎麼及得上呢。

輕頷首，我撒了個謊：「我的頭有點痛，等等的班會課，各班班長要去開會，妳可以代替我去一趟嗎？地點是北辰四樓的會議室。」

並不是身體不適，我應該算心理不適才對。

「當然沒問題啊，妳好好休息。」毫無意外地，周穎童一口應允，隨即細心問：「有什麼資料需要帶過去嗎？」

她跟著我回到座位，我從抽屜取出會議紀錄簿和一疊暑期事項調查表，「調查表今天要繳回，紀錄簿的部分妳可以參考我之前寫的。因爲妳是第一次出席，如果有什麼不懂的地方，可以問七班的班長賴毅森……妳知道他嗎？」

「知道，妳男朋友嘛。」周穎童接過資料，朝我眨了眨眼。

扎扎實實地戳了我一針。

我努力集中精神，告訴自己眼下不是適合坦白的時機，硬著頭皮答道：「對，那就麻煩妳了。」

「不會不會。」她按著我的手臂殷切叮嚀：「眞的很不舒服的話，記得找人陪妳去保健室喔。」

「好，謝謝。」我只想快點結束對話。

似乎察覺到我的疲憊，周穎童看了眼錶，主動表示她差不多該出發去會議室了，之後便回座收拾東西。旁邊幾名同學壓低音量與她說悄悄話，偶爾朝我瞥來一眼。

心虛所致，我忍不住挪開目光，孰料竟與韓尙淵的視線碰個正著，也不知是恰好，或是他始終留意著我們的互動。

他支著頰，嘴邊肉都被推到了顴骨上緣，擠著眼睛，形成一種搞笑的扭曲狀態，偏偏他還能用這種狀態，好整以暇地對我挑眉，讓我著實無言以對。

擔心他在教室裡胡說八道，我偷偷比了個噤聲跟拜託的手勢。韓尙淵垂下眼簾，最後索性背過頭去望向窗外，大概是認爲眼不見爲淨吧。

我想起他稍早請我幫的那個小忙。

若沒猜錯，他開啟的APP應該是款擁有抽卡機制的手機遊戲。之前賴毅森也短暫迷上一款類似的競技手遊，便拉著我加入，等他不玩之後，我自然也沒了繼續玩下去的動力。

總之，韓尙淵讓我幫忙點擊螢幕抽一張卡。

這連舉手之勞都算不上！我當然滿口答應，點個按鈕沒有什麼困難……後來抽出的是張擁有金色邊框和五顆星星的華麗卡片，絢麗的特效也隨之出現，上頭的插圖則是名擁有黑色長髮的少女。

見韓尙淵的表情呈現當機狀態，我很怕自己搞砸了，五顆星星那麼糟嗎？我以爲挺好的。

「還可以嗎？」我忐忑地問。

他總算回神，臉皮有些抽動，像顏面神經失調。

「很可以，幫大忙了。」他驀地綻開笑容，陡然的盛放令人目眩神迷。「妳的運氣果然很好。」

拉回思緒，我發現自己很突兀地站著神遊後，趕緊拉開椅子坐下，搖了搖頭，將方才映在腦海中的畫面甩掉。肯定是因爲韓尙淵向來不怎麼表達情緒，我才會爲那罕見的笑而驚豔吧。

而且……我的運氣到底哪裡好了……

我拿出數學講義，決定努力解題，讓腦袋沒有餘裕胡思亂想。

結果整堂班會課下來，我連五道習題都沒能解完。

周穎童在下課鐘聲響起後沒多久就回來了，她和隔壁班的班長有說有笑，分開前還道了再見。糟糕，我忘記將她的好人緣列入考量了，她該不會完全不需要跟賴毅森求助吧？如果眞是這樣，我就白費工夫了。

失落的同時，又多少有些慶幸。

還有時間，還有時間可以讓我做好將他讓給別人的心理準備。

「姒妍，妳有沒有好一點？」周穎童回座前不忘走來關心我。

我點點頭，伸手想接過會議紀錄簿，她卻將紀錄簿，往自個兒懷裡一抱，吐吐舌道：「這個我晚點再給妳，順便和妳說一下重點，主任們講得雜七雜八的，我乾脆先抄在筆記本上，整理一下再謄過來，免得看起來很亂。」

我本打算攬過工作，但考慮了下，依周穎童的個性大概會堅持自己完成，若不想費神跟她拉扯，最好順她的意思。

「那就麻煩妳了。」

她微微一笑，唇角上揚的弧度恰到好處，將我的心也一併勾了起來。

不知爲何，一股莫名的栖惶盤據在我的心頭，久久無法消散。

放學時，本和我約在K書中心門口見面的賴毅森，居然特地繞遠路來教室接我。

收拾到一半的我聽見叫喚，抬眸便發現他靠在窗外揮手，讓我不自覺停下手上的動作。

他怎麼會來？

疑問迅速得到了解答，醉翁之意不在酒的賴毅森，下一秒便開始往教室內張望，期盼的目光最終停駐在正要走出教室的一行人身上，直接黏死，而周穎童自然是其中的一員。

他可別太明顯了。

我嘆了口氣，原以爲兩人不會交談，不料，注意到賴毅森的周穎童，竟率先對他鞠了個躬，像在道謝，隨後又揮揮手說了聲「拜拜」。賴毅森起先還愣著，找回反應能力後連忙跟著揮手道別，等人都走遠了，依然捨不得收回目光。

明明是我給出的機會，事到如今，還敢抱著他們並未接觸彼此的希望嗎？

賴毅森成功了啊。

這一次，我卻沒辦法爲他鼓掌叫好。

並肩走到K書中心的路上，賴毅森十句不離「周穎童眞的好可愛」。我很想告訴他，周穎童再繼續可愛下去，我可能會變得很可怕！他到底知不知道我得用多大的力氣忍耐，才能繼續聽下去？爲了不露出任何破綻，我還必須控制好表情。

「不過姒妍，她一直叮嚀我要好好照顧妳耶，妳確定是假的不舒服吧？」賴毅森總算良心發現，雖然是託周穎童的福，而且還問得十分不倫不類。

我停下腳步，而賴毅森往前走了幾步後，才止步轉過頭來。

「怎麼啦？」他語氣中的狐疑大於憂慮。

「我今天就不去K館了。」我伸手想拿回他幫忙提的袋子，順口又扯了一個謊：「一時忘了，晚上有親戚會拿東西過來，我爸沒意外又會加班，所以我必須在家。」

學校的夜間自習中心俗稱爲「K書中心」，簡稱「K館」，有冷氣和獨立座位。一回到家便無心念書的賴毅森總會拖著我留校自習，通常一待就待到九點閉館，而後再搭公車回家。由於彼此的家就在對面，所以也沒有獨自走夜路的困擾。

「那我也不留了吧！妳不在感覺怪怪的，好像會讀不下去。」賴毅森邊說著擾人心弦的話，邊邁步朝我走來，「和妳一起念書的時候，我特別能靜下心欸！效率比平常高出不少。」

那又如何。我抿緊雙唇。

未來，他需要我的地方說不定會越來越少，我的位置會漸漸被他人取代，但我不能貪戀，那樣會給他造成麻煩，會被討厭的。

在我思慮之際，賴毅森忽然傾身湊過來，伸手托著我的後腦杓，將前額貼近。屬於他的溫度很暖，轉瞬間卻又燙得灼人。他凝望我的雙眼，似乎認爲我有什麼祕密瞞著他，才會一直拐彎抹角地拉開距離。

對旁人來說相當曖昧的舉動，他卻絲毫不覺得尷尬，這要不是我對他而言沒有任何吸引力，就是他從未將我當成一個可能曖昧的對象。

「妳真的沒事嗎？」他不厭其煩地開口。

我當然有事。

然而，「我喜歡你」這件多年來被我深深隱藏、不願被他察覺的心事，我該如何對他言明，又該如何要求他別喜歡上別人呢？

於是我能做的，唯有搖頭。

獨自走往校車停放的地點，我從書包內翻出剩沒幾格可剪的半月票。

賴毅森最終仍選擇了留校自習，一方面是迫於即將來臨的期末考，另一方面則應該是……

他多少察覺了我有難言之隱，想獨自靜靜，卻不願對他言明，因而有些沮喪吧。所謂的作用力與反作用力大概便是這樣？他施加在我身上的無形壓力，一不小心就會還諸己身，以他意想不到的方式。

靠近校車時，我的腳步一頓，看見有個人也正往階梯走去，打著哈欠準備上車。

不只座位就在前後，他連校車都跟我搭同一班。

見我重新起步走近，韓尙淵合起張大的嘴，古怪地問：「妳的小主人不在？」

那壺不開提那壺，他就不能繼續維持他沉默寡言的形象嗎？

我很想拿重得如磚頭似的書包砸他，偏偏他問完後又一副滿不在乎的模樣。

我沉下臉，刻意插進空隙，搶在他之前踏上校車。雖說這行爲有些不講理，但至少會讓我心理上舒服一點。

讓司機剪好月票後，我四處張望，搜尋雙人座的空位，可惜今天來得太晚，雙人座幾乎都已坐滿了人，或只留一個位子，唯一空著的雙人座在後排。我急忙走去，沒留意到書包被椅背掛勾勾住，整個人被扯得往後傾。

這時，有個力道適時抵住我的肩，一種莫名的熟悉感促使我回頭，韓尙淵正將我書包的背帶從掛勾上解下。

「還好吧？」接觸到我的目光，他隨口問道，眼神中明顯夾雜了絲笑意。

隱約間，有段記憶掠過腦海，也忘記當時是小學幾年級了……某次擔任值日生，我到辦公室拿老師裝著上課用具的包包，離開時心不在焉，沒發現包包勾到門把，結果被反作用力一拉，差點跌倒。

幸運的是，後方有人按住我的肩膀擋了一下，當我轉過頭，出手幫忙的同學也正好將老師的包包從門把上解救下來。與我四目相交時，他露出了有些含蓄的笑，似乎還問了句「妳還好嗎」。

下一秒，晃動的光影喚回我的注意力，韓尙淵在我眼前揮手，我這才發現自己站在原地失神太久了。

「呃……嗯，謝謝。」剛使壞就出醜，我著實想挖坑自埋。

我垂著頭來到空位旁，沒想到後方的腳步也跟了過來。

咦，他是打算跟我一起坐嗎？

我遲疑地蹙了蹙眉。賴毅森今天不在，我剛才又和韓尙淵一前一後上車，他還幫我解圍，假如我們坐在一塊，說不定會產生奇怪的謠言，例如我和賴毅森的感情出現裂痕之類的。

絕對不是我太敏感，而是八卦的力量太神祕。

在澄清我和賴毅森之間的關係以前，我仍必須將角色扮演好，才不會產生不必要的爭議。

「那裡讓你坐吧。」我指了指空位示意，並坐入另一邊剩下的外側位子。印象中，在內側閉目養神的這位學姐比我晚下車，這樣我們各自到站時，也不會互相干擾。

韓尚淵歪著腦袋看向我，而後無可無不可地聳肩，旋即將自己塞入座位。

慶幸他沒有多問些奇怪的問題，我呼出一口氣，從書包內翻出英文單字本，想利用時間多背幾個單字，反正我也不習慣在校車上閉眼休息，腦袋根本靜不下來，更別說睡著了。

在我和韓尚淵上車後不久，幾輛校車開始陸陸續續駛離西側門。我瞥了眼車窗外搖曳的樹影，忽然思及此時正一個人在K書中心的賴毅森……晚點他或許也得獨自到學校附近覓食？

怎麼連想自己靜靜的時候，都依然掛心著他的情況呢？像賴毅森那麼受歡迎的人，即便我不在，也肯定會有人邀他一起吃飯的吧。

我自嘲地哼了聲，收回視線，將精神集中在手裡的單字本上。

經過半小時左右，我翻過書頁，忽然察覺異樣，一偏過頭，發現韓尚淵竟睡得不省人事！頭都快栽到走道上了。但這不是重點，重點是，他的站就快到了啊！

怕他繼續睡下去會坐過站，我立時拋開猶豫跟顧慮，伸手輕拍他的臂膀，「韓尚淵？韓尙淵快醒醒，你不是這一站下車嗎？」

說來神奇，可能是因爲我在車上習慣保持清醒，印象中這種事並非頭一次遇到……難道我跟愛打瞌睡的人有某種特別的緣分嗎？

幸好韓尙淵不難叫醒，也沒有起床氣，他先是皺眉動動脖子，很快便睜開雙眸，望著我的眼神中還帶著些許恍惚。我正懷疑他該不會在思考自己身在何處時，他卻出乎意料地勾起嘴角，專注地看著我。

心一慌，我不由得偏過臉閃避他的注視，卻聽他宛若自言自語般低喃：「那時候，果然是妳啊。」

嗯？果然是我？什麼意思？

還沒來得及追問這天外飛來一筆的發言，校車便先靠站，韓尙淵道了謝後站起身來，跟隨其他下車的學生，朝前門走去。等他步下階梯從我的視野中脫離，我不禁轉向窗外試圖捕捉他的身影，無奈坐在外側的我因爲視角侷限的緣故，未能如願。

而後來，我也沒找到合適的機會，問清楚他說那句話的理由。

期末考最後一天，也是高一第二學期的最後一日。

中午，將該繳交的資料繳回各處室後，班長的責任也差不多告一段落了，眞希望高二不會再有導師用成績來指定班長，讓一個不愛跟同學交流的人擔任「班級中心」，甚至是「精神領袖」如此重要的職務。我當初眞的很擔心這個班會完蛋。

不過，再困難都挺過來了，總算是沒有把班上搞垮，也多虧其他幹部非常靠得住吧，都能準時、順利地完成我交辦的事項。

「穎童，妳不覺得梁姒妍很難相處嗎？老是冷著一張臉，印象中我完全沒看她笑過耶！同班這一年來，一次都沒有。」

上了樓拐彎，即將經過女廁門口時，我不經意聽見自己的名字，於是停下腳步。我認出方才說話的，是我們班的侯欣怡，她是下課時會去找周穎童閒聊的固定班底之一。

既然她喚了周穎童，想必周穎童也在。

聽牆根是不對的行爲，但既然她們談到了我，我也算半個當事者吧？

我挪動雙腳走回樓梯口，背倚在牆上偷聽。

……簡直就像那天的韓尙淵。

「姒妍難相處？不會呀，我覺得她很認眞，交到她手上的事情從來沒有出過錯吧？而且她還會撥空幫忙其他幹部，超體貼的，明明自己最忙，卻還是會照顧其他人。」周穎童似乎正在洗手，說話聲伴隨著水聲，變得不那麼清晰，「不過，她不愛笑倒是眞的。」

聞言，我不自覺伸手摸臉，指尖下滑到鮮少揚起的唇角。

也不是一直都這樣……

「有什麼好笑的？因爲妳，妳爸沒辦法繼續讀書，年紀輕輕就要開始工作賺錢，把他害成這樣，妳還笑得出來？不准笑！」

惱怒苛責的嚴厲嗓音倏然在腦海中響起，我反射性縮起肩膀閉上雙眼。

這麼多年了，那些話依然深植在我的記憶裡。

聽完周穎童的評語，侯欣怡安靜了快半分鐘，才生硬地說：「總之我沒辦法喜歡她啦！真不曉得賴毅森怎麼會選這種人，聽說他們好像是青梅竹馬，可是個性不搭應該很難玩在一起才對啊？」

話音甫落，周穎童便輕飄飄地回了一句：「我跟妳也不像會玩在一起的人呀。」

水聲戛然而止。

我愣了愣。是錯覺嗎？爲何她的語氣裡隱約透出一絲嘲諷。

「妳很過分耶，幹麼故意開這種玩笑啦？」一會兒後，侯欣怡反應過來嗔道，乾笑了幾聲，「不過我七班的朋友說他們好像是假交往。」

「假交往……怎麼會有這種離譜的說法？」

「好像是梁姒妍不想被打擾，就拜託賴毅森對外和她假裝是男女朋友。畢竟她算長得蠻漂亮的嘛，班上那個誰起初不是也想追她嗎？結果還沒行動就宣告失敗了，笑死。」

「噓！這些事情沒有求證過，不要拿出來亂說，萬一被有心人聽到，散播出去怎麼辦？」教人意外地，周穎童沒有接話，反而果斷中止了話題，字裡行間有著淡淡的譴責意味。

「好啦，穎童，妳偶爾很愛大驚小怪耶！」抱怨歸抱怨，侯欣怡倒是很聽話，不再繼續天花亂墜。

細碎的跫音和交談聲漸漸遠離女廁，徒留我怔怔然站在原地。

七班，那不就是賴毅森所在的班級嗎？既然七班已經先傳出我們是假交往的傳言，就表示他開始循序漸進解除我們之間約定的假關係，在為未來正式追求周穎童做準備了，對吧？

可是他完全沒找我商量！連侯欣怡口中所說的「當假情侶的理由」也反過來了，分明是賴毅森懶得費神應付愛慕者，才拜託我當煙霧彈的。

我的思緒忽然一團混亂。

後來，回到教室時我整個人渾渾噩噩。我往前方望去，周穎童和侯欣怡早已各自回座，一個正在專心溫習下午考的歷史科，一個則撐著頭漫不經心地四處張望，桌上的講義翻都沒翻開。

呆站了一會兒，我聽見輕輕敲擊桌面的「叩叩」聲響，半回過身，韓尚淵正偏頭看我。我猜，大概是我突兀的動作影響到他複習了，剛想道個歉儘快落坐，他卻難得在教室裡開了金口。

「怎麼了？」居然還是句關心的話語。

平平淡淡的眼神，甚至也沒什麼表情，我卻覺得比任何流於表面的噓寒問暖都教人舒服得多。至少我不會期盼得到更進一步的慰問，然後落空。

我本想搖頭帶過，嘴巴卻不自覺脫口說道：「累了。」

話音甫落，我就想立刻按下收回訊息鍵，可惜現實中沒有這個功能。幸好只說了兩個字，「太累」包含許多深意，他猜不出什麼的。

大概沒料到我會如此回答，訝異從韓尙淵的眸中一閃而逝，他蹙了下眉，似乎不確定這時該怎麼回應我比較恰當。最後，他索性從抽屜裡摸出一小瓶飲料，這次是巧克力奶茶，然後問我：「喝嗎？」

我莫名有種「這時候應該可以笑出來啊」的想法。

「好。」我伸出手，鬼使神差地問：「要付錢嗎？」

結果反而是他笑了，可能以爲我在藉機調侃。

「給妳。」他將飲料放到我掌上後，搖搖手指說：「下次再幫我抽一張吧。之前多虧妳，終於可以換我跟別人炫耀了。」

我還眞看不出來他是會跟人炫耀的類型。

頷首答應，我拉開椅子坐下，將那瓶巧克力奶茶放到桌面左上角，作爲暫時的精神寄託，以及晚點順利完成所有考科的犒賞。

啊，說起來……以前好像也有人送過我這款飲料？

應該是小學的園遊會吧，當時對方低著頭，匆匆忙忙把鋁箔包塞進我手裡就跑了，在那之前，好像還發生了什麼事……

剛要細想，教室前方卻突然傳來「啪」一聲，迫使我中斷了思緒。

走道上，各種文具散落一地，不小心弄掉筆袋的同學蹲在旁邊收拾。我瞄了兩眼後便收回目光，重新專注在考科的複習上。

而方才偶然想起的事，自然也被我拋諸腦後。

原以爲在女廁外偷聽到的消息，會讓我在最後的歷史考試上，因爲心理不穩考得一塌糊塗，多虧有這個小插曲稍稍轉移注意力，浮動不安的情緒獲得舒緩，我才不至於在最拿手的背誦科目出錯，能夠穩穩地作答完畢。

打鐘的瞬間，教室一角傳來細微的歡呼聲。暑假將至，考慮到學生們興奮的心情，監考老師只是微微挑眉，沒有計較這個無傷大雅的過失，快速收完試卷便離開了，將教室留給接下來要進行大掃除的我們。

我望向負責監督打掃工作的衛生股長，他已經自動自發地站起身來，拍了兩下手，請所有人移動桌椅、各就各位；但由於期末考結束，大家徹底鬆懈了下來，大掃除時，打混摸魚的占多數，眞正在掃的只有小貓兩三隻。

管不動人的衛生股長無奈地攤手，對我擠眉弄眼。我聳了聳肩——反正都快分道揚鑣了，這時候，就別掃大家的興了吧，免得又被說難相處，呵。

完成打掃任務後，班導便到班上叮嚀暑假期間的注意事項，早早放人，班上同學們頃刻間一哄而散，屬於我們的假期總算眞正到來。

背上書包前，我習慣性檢查一下手機訊息。果然，賴毅森早和朋友約好了要去唱歌慶祝放暑假，不曉得會瘋到多晚，我想問的事，今天勢必問不了了。

我嘆口氣，將手機收進書包內，起身準備離開，卻發現韓尙淵仍坐在位子上滑手機，似乎正在玩遊戲。

遲疑片刻，我啟口問：「你還要待在這裡嗎？」

他輕哼了聲，「在等人。」

話音甫落，我便聽到一陣噠噠噠的急促腳步聲，有名短髮的圓臉女孩在後門處煞住步伐，氣喘吁吁喊道：「韓尙淵！快快快！速度速度！」

……原來他也有約嗎？

我心裡默默想著，再回頭時，韓尙淵已起身把書包甩到肩上，並將手機插到長褲口袋內。

「先走了。」他朝我點了個頭，停頓一秒，忽然又問：「如果沒其他事的話，妳要不要一起來？社團有小聚會，買了不少吃的，社長說能帶朋友一起過去。」

突然收到意外的邀請，我將那番話咀嚼半晌後，才反應過來，頓時有些苦惱，不過考慮到自己慢熟又難聊的個性，還是不去破壞氣氛了吧。

我搖搖頭婉拒。

大概原本就是臨時起意，韓尙淵沒露出失望的表情，「可惜了，本來要向大家介紹我的祕密武器，看來他們沒有福分。」

我摸摸鼻子，實在對那「祕密武器」的稱號不予置評。

揮了兩下手道別，韓尙淵隨即朝外走去，在外頭等待的女孩滿臉好奇，似乎向他詢問了幾句，也不曉得韓尙淵怎麼答覆的，竟引得女孩大聲驚呼「眞的假的」，還意圖朝我這方向邁出腳步，後來被他攫住雙肩強硬地拖走了。

這兩人究竟是什麼關係呢？他們的交情感覺不一般，互動卻又不像情侶，我完全猜不透。

我走到教室門口，回頭環顧一圈，抬手按熄遺留的燈光。

就這樣，高一生活結束了。

我以爲的那些日常，原來不過是輕輕一推便會摔碎的假象。

第二章　大暑

不同於他人在放假期間總過得特別糜爛，我照樣早睡早起。

比起一般週末，暑假的優點是做完家事後還多出不少空閒的時間，讓我能隨意安排自己喜歡的休閒活動，不用每天勤勤懇懇和教科書面對面，唯恐無法取得優秀的成績，被譏諷不夠格站在賴毅森的身側。

況且這種事也不是沒發生過，要看人不順眼，長相、性格、穿著打扮、成績優劣……通通都能成爲理由，否則侯欣怡就不會說出那番批評的話了。

經常嚷著自己讀不下書的賴毅森，每次段考成績可都在全校五十名內，連其他領域的表現也都相對突出，若我不加油點，總覺得哪天會被他狠狠甩在背後。

我不止一次自問，這眞的是我內心所期望的嗎？付出再多，也不過是枚擋箭牌，但在得到答案前，行動往往先做出了回答。

我放棄不了長年以來堅持的一切，假如承認自己想逃，就好像背叛了過往所有的努力。

收拾好東西，我看了眼床頭的鬧鐘，九點多，附近的圖書館應該開了，去借幾本小說回來看吧，回程的時候剛好可以順便買午餐。

孰料當我換上外出服下樓，打算到客廳拿腳踏車鑰匙時，竟看見賴毅森懶洋洋趴在我家沙發上，攬著個印有笑臉圖案的圓形抱枕，百無聊賴地拿遙控器切換電視頻道，兩隻眼睛還瞇成一條直線。

到底是誰給了他隨意進出這間房子的權利？不用想，肯定是爸爸。難道他就不怕賴毅森有什麼非分之想，他這樣等於是引狼入室嗎？

下一秒，賴毅森丟掉遙控器，像尾離水的魚般在沙發上彈跳抖動，一面抖一面大聲抱怨：「姒妍啊啊啊——我好無聊啊啊啊啊——」

好吧，這傢伙能有什麼非分之想？

我果斷掏出手機，點擊照相功能，然後按下錄影鍵。日後要是我們之間有什麼恩怨糾葛，就拿這來威脅他，誰教他老愛在我面前崩壞形象。

似乎察覺到我正在幹麼，賴毅森停下動作，癟嘴無言地瞪著我的鏡頭。

見他不再學魚掙扎，我覺得有點可惜，只錄一小段便關掉相機。

「你不是順利要到周穎童的聯絡方式了嗎？」我靠在沙發邊道，縱使極力克制，我的語氣依然透著股淡淡的酸味，「不想辦法約她出去玩，來找我做什麼？」

更別說，我對他自作主張謊報假交往理由的事還有點不開心。

段考結束那日，賴毅森說要和朋友去唱歌，不用等他搭車回家，沒想到朋友約了朋友，後來一起去KTV的那群人裡居然有周穎童，而且他還藉這個機會和她互加了通訊軟體的好友，時不時就會找她閒聊。

看來即使不用我幫忙，也有其他人神助攻啊。我在心裡自嘲。

「她好像和家人出國了，這禮拜都不在臺灣。」賴毅森盤腿坐起身來，將抱枕放到腿上輕捶幾下，「其他人今天也各自有約，問了老半天沒一個人有空，我就來找妳了啊。」

果然把我擺在最後嗎？是篤定無論如何，我都會騰出時間給他吧。

我無可反駁，不過在那之前，該掙扎還是要掙扎。

我居高臨下拍拍他的頭，「那你在這裡慢慢玩，我先去圖書館了。」

「等等等一下，姒妍！」賴毅森伸長手揪住我的衣襬，半個身體掛在沙發外，掉落至地面的抱枕滾到我的腳邊，彷彿在取笑此刻瞬間心軟的我。「妳還為了那件事在生我的氣嗎？所以這幾天才不理我。」

「沒有。」口是心非眞的無藥可救。

關於七班傳出的謠言，我隔天便傳訊息向賴毅森求證了，確實是他親口透露的，至於沒找我商量的原因，很簡單，他忘了。

他、居、然、忘、了！

從那之後，賴毅森傳來的訊息，我一概已讀不回。

「可是我這幾天丟的東西妳都無視。」他委屈巴巴地說。

「你只分享一些哏圖，也沒說別的話，我當然以為看過就好了不必回。」明知道他傳圖是在試探，我還刻意裝傻。「現在理你了，安心了嗎？」

賴毅森嘿嘿笑，收回手跳下沙發，結果變成我要仰著臉看他，身高差眞不友善。

大概是怕沒說清楚會造成誤解，賴毅森又道了次歉：「對不起啦，因爲妳以前提過暫時不想談戀愛，我怕澄清關係後，那些想追妳的人就會像雨後春筍一樣，才覺得應該那麼說。」

誤會大了。我不想談戀愛是因爲身邊有他在啊！其他人根本不是我的對象。

「想太多，我又不是你。」哪來的雨後春筍？

聞言，賴毅森古怪地看著我，末了居然深深嘆息，「姒妍，妳知道妳有時候眞的很遲鈍嗎？」

我竟然被一個比ＩＥ瀏覽器還遲鈍的人批評遲鈍！

我掉頭就走，卻又被攫住手腕，賴毅森很快將我困在沙發與牆之間的死角，我進退不得，唯有抬眸正視他的雙眼，偏偏他還毫無節制地把臉湊過來。

太狡猾！我在心裡吶喊。

「陪我去打球。」停在距離三公分處，他笑吟吟地說。

「天氣這麼熱，打什麼球。」我囁嚅道。

「剛剛還想騎車出門的人沒有資格說天氣熱喔。」他總算退開來，手裡不知何時抓著我的腳踏車鑰匙，用食指勾著鑰匙釦輕輕甩動。「反正有室內球場嘛，這時間人不會太多……但天氣眞的很熱，我們搭車去吧。」

鑰匙都被他劫走了，我還有別的選擇嗎？

不久後，我便背著球拍，跟賴毅森一起乘上了往學校方向的公車。

從國小開始，賴毅森就是羽球社的社員，老是抓著我陪他練習，上了高中依然如此，沒意外的話，高二應該也不會變動。

距我們家約十五分鐘車程的地方，有個社區活動中心，裡頭的室內球場非常大，缺點就是遠了些，騎腳踏車過去往往會汗流浹背，還沒開始打球就先累了，因此我們通常選擇搭車。

上車後，賴毅森拉著我走到靠後門的空曠處，那裡有根鐵桿可以抓握，他一向習慣讓我站在內側，自己站外側，自然而然地成爲保護者的角色，而我總會爲了這種不著痕跡的體貼暗自欣喜。

公車開始行駛後不久，我便留意到坐在第一個雙人座、與我們年紀相仿的兩名女孩頻頻拋來目光，並不斷交頭接耳。當賴毅森不經意望過去時，她們顯得更加興奮。

早就司空見慣的我淡淡瞥去一眼，接觸到我冰冷的視線，兩人才像被澆了桶水般，收斂起表情並閉上嘴。

這顆移動發光體，眞是到哪都能引起關注。

「姒妍，」賴毅森低頭靠近我耳邊，用氣音疑惑地問：「我臉上是不是有什麼東西啊？感覺她們剛剛在笑我耶……」

我簡直無奈，他的沒自覺是間歇性的，發作時機令人匪夷所思。

伸出手指將他的臉戳開，我揉著發癢的耳朵，面無表情道：「大概是，有點帥氣？」

賴毅森定格，大概是腦內仍在讀檔，片刻後才睜大眼睛，笑出兩個明顯的酒窩，眼角眉梢盡是得意，「眞的嗎，沒騙我？」

唉，我該拿這個連驕傲都如此可愛的傢伙怎麼辦才好。

室內球場意外地沒什麼人，也許是時序正値酷暑，光頭頂高掛的熾熱驕陽，就足以讓想出門的人望而卻步吧！

場內只有一組人正在追逐著籃球，三個羽球場地有兩個是空的，連場邊的乒乓球桌，也有幾張因爲無人使用，被用來堆放包包、水瓶等雜物。

找了個置物櫃放好隨身物品，走向場地時，我隨意打量了下旁邊打籃球的人群，卻在當中發現一個格外眼熟的身影，不禁駐足觀望。

他俐落地轉身過人，運球幾步後跳投，空心進網，動作一氣呵成。

歡呼和參差的鼓掌聲傳來，那人依舊維持著雲淡風輕的模樣，拉起胸口的衣襟擦了擦汗，跟著其他人回防時，陡然轉頭對上我的目光。

他止住腳步，似乎有些訝異，直到身旁的隊友叫喚，才重新恢復跑動。

果然是韓尚淵。都忘了，他下車的地方離這裡挺近的。

「怎麼了？」準備好的賴毅森輕拍了下我的肩，見我還沒開始暖身，只是站著發愣，他疑惑地問：「有妳認識的人啊？」

我點點頭，「同班同學。」

循著我的視線看去，賴毅森隨即恍然，「是韓尙淵啊。」

「你知道他嗎？」

賴毅森望著我莞爾，「剛開學那陣子，除了妳之外，他的名字不是也很常跟我擺在一起嗎？可能妳對這種八卦不太熱衷吧，我老是聽朋友囉嗦，耳朵都快長繭了！正好他跟我們同校車，又跟妳同班，不記起來都難。」

我皺眉回想，依稀在腦海中摸索到這塊記憶的碎片。

好像是即將選社團那幾天，又或者更早之前，傳出籃球社希望能順利網羅這一屆「新生雙帥」的宣言，當時和賴毅森的名字一塊被提到的，似乎正是韓尙淵。

結果最後沒一個進籃球社。賴毅森選擇了鍾愛的羽球，而印象中，韓尙淵去了個讓人跌破眼鏡的社團，莫名其妙成爲「殘念帥哥」，人氣大跌，加上他爲人寡言低調，自那之後就極少被眾人提起了。

我「啊」了聲，又忍不住好奇問：「他最後去了哪個社團？」

上回韓尙淵邀我去吃東西時，並未提及社團名稱。

「妳跟他同班，還是班長欸，居然來問我？」賴毅森啼笑皆非地攤手，仍不負期待地解答：「我記得他去了漫研社。」

的確是個和籃球社南轅北轍的社團，不過看韓尙淵方才流暢的動作，也不像是不喜歡籃球或不擅長戶外活動。我推測，應當是刻板印象使然，才讓他的形象分扣了那麼多吧？被不相干的外人自動腦補成了個不愛說話的宅男之類的。

關於被誤解一事，我眞是心有戚戚焉。

孰料下一秒，賴毅森便開口：「你們給人的感覺很像耶，都是扮豬吃老虎的類型……說眞的，妳明明跑得超快，跟風一樣！我記得小六那次，妳跑最後一棒，田徑隊的隊長被妳超車，都氣哭了。爲什麼後來的大隊接力，妳的棒次都這麼普通啊？是不是測驗時偷懶，沒有認眞跑？」

我斜眼睨他，抬手作勢要揮拍。明明是件值得自豪的事情，爲何從他嘴裡說出來就成了消遣呢？偏偏我又否認不了。

小五到小六時期，是我唯一一次和賴毅森同班。小六時的大隊接力，他跑男生第一棒，而我因爲有同學突然受傷，被臨時調去跑女生最後一棒。我想著要將棒子盡快傳給賴毅森，別給他添麻煩，幾乎卯足了全力衝刺，回過神才知道，自己一口氣追過了三個人，當中就包含那名田徑隊隊長。

但我沒聽說過她被氣哭的八卦就是了……

那次之後，失去爲之奔馳的目標，對於跑步我一向是得過且過，別表現得太差就好了。

見我不開心，賴毅森也適可而止，閃身到我背後，搭著我的肩，將我往球場方向推，「好啦，打球、打球！」

簡單熱了身，我走到網前從地上撈起球，甫抬頭，就見對面的賴毅森曲起二指比了個八的手勢，大喊道：「輸的人中午請吃飯！」

我瞪大眼睛。他好意思嗎！就算他讓我十五分好了，假如他認眞打，我恐怕一分都很難拿，更別說我已經很久沒握拍了！

我搖搖頭，討價還價，「被我拿到兩分，你就請吃飯。」

「太少了啦！」他抗議。

「……三分，發球權都歸我，不然就不玩了。」雖然沒想過能靠發球得分，但我也不想讓羽球社社員用發球打擊我。

怕我一走了之，賴毅森勉爲其難同意了，還對我做了個鬼臉。

——結果他出手有夠凶狠！壓根兒沒有禮讓女生的美德。我本以爲他至少會拿捏一下力道，沒想到他竟卯足全力，那氣勢就是不坑我一頓午餐不罷休，讓我追球追得非常狼狽，得全神貫注才能勉強跟上他的速度。

被狂拿八分後，身體逐漸找到球感，我終於逮中一個賴毅森將球挑得太高的失誤，反手往對角殺球，球落地時，我聽見賴毅森「啊」了聲，隨即懊惱地用雙手抓亂頭髮。

他哀怨地將球扔給我，方才氣焰高張的模樣稍微收斂了些。

大概是受到我打破零蛋的衝擊，他後續動作上的漏洞，漸漸變多。節奏一旦無法連貫，就很容易被趁虛而入。

第二分比我預料的還要快到手。

「眞的沒有什麼是妳不拿手的欸……」他趴在網上嘀咕。

胡說八道，我不拿手的東西可多著。才輸兩分，他就像要世界末日了？我勾了勾手，示意他別霸占著球不放。我雖然獲得兩分，但他也已經拿到十三分了，憑速度和力量優勢，他想拿分更爲輕易，只要穩住就會贏。

果然，接下來他又連拿三分，都是逼近邊界、我追不上的高速殺球。

我思考了下，反手發球，打在他身側，賴毅森立即回拍，我使了些力將球擊向對角，他一個跨步救回，同樣打對角，力道卻稍嫌不足。

我捕捉到這難得的機會，輕輕將球點過球網，他有心搶救，不料角度過於刁鑽，觸及拍子飛起的球直接撲在網上，落回他的場內。

他一臉不可思議地看著我，我對他比出一個三。

賭約可是他提出來的，願賭服輸。

大局已定，賴毅森絕望地把自己掛在網上，裝成屍體，被我用球拍敲了一下後，又揉著後腦杓抬起頭吸鼻子，「我最近有點拮据，中午拜託妳手下留情。」

提到請客，他哪回不拮据？我又不是他，才不會獅子大開口。

等他賴皮夠了，我們才繼續打完這局。口渴的賴毅森跑去喝水，我則將束髮的髮圈拉下，重新綁好馬尾，然後動動手腳稍微放鬆。

五分鐘後，賴毅森仍沒有回來，我忍不住朝置物櫃的方向張望，發現他似乎正在用手機回訊息，也就不以爲意。

又過了一會兒，他慢呑呑地走來，面上欲言又止，望著我的眼神有些不對勁。

我按照過往經驗，稍微動點腦子，馬上就猜到發生什麼事了。

「有人約你了對嗎？」我低頭注視自己的鞋尖，盡量讓語氣顯得平靜無波，聽不出一絲怒意。

反正不是頭一回，我早該習慣了。

沉默半晌，當我以爲賴毅森這回可能會有不同的選擇時，便聽見他語帶歉意地道：「對不起喔，姒妍，我下次再請妳吃東西吧。」

到底習慣了沒？說實話我也不確定，若是已經習慣，理應不會感到鬱悶，可是這個當下，我的胸口卻塞滿了無法宣洩的負面情緒，好像快要爆炸了。

幸好，隱藏心緒向來是我的強項，連賴毅森都難以拆穿。

「沒關係。」我言不由衷，望著他問：「你要直接過去嗎？是的話把拍子給我，我順便幫你帶回去。」

「那就麻煩妳了。」賴毅森將球拍遞了過來，在我接過前，他又像想到什麼似地縮手，「妳現在要回家了嗎？一起去車站吧，我也得走到對面搭車，跟朋友會合。」

眞的，不用再給不是第一順位的我多餘的關心了。

我抿了抿唇，索性上前一步，拿走他的球拍，「這裡有冷氣，我想多待一下，晚點會自己回去。」

賴毅森遲疑片刻，才點點頭道：「那好，妳回家的時候注意安全。」

我沒有回應這句話，只催促：「快去吧。」

可能還是露出了些端倪，他對我寬容的態度抱持疑惑，又猶豫一會兒，才挪動步伐跑向置物櫃。

我注視著他，直到他收拾好物品，朝我揮了揮手離開，方轉身走往場邊的木製長椅，孤零零地坐下，倚著牆面，將球拍擱到一旁，仰頭凝視天花板上的燈光。

不知是誰正用藍牙喇叭播音樂，居然一連三首都是悲傷的情歌，猶如在嘲諷此時此刻被丟包的我，搞得我連午餐都不想吃了。

如果將我這段得不到回應的暗戀寫成一首歌，肯定比剛剛那三首還要悲情吧！至少歌曲中的主角們都還曾經擁有。

不曉得發呆了多久，我察覺一絲異樣，原來是左側視野被一道身影擋住了。我怔怔然偏過頭，看見韓尙淵默然佇立，用相同角度歪頭看我。

那模樣太滑稽，我忍不住正襟危坐，想讓他也跟著恢復正常。

韓尙淵似乎猜到了我的想法，將頭擺正的同時勾唇，讓我的腦海莫名掠過該舉動是刻意爲之的念頭，但很快，我便將這自以爲是的臆測拋諸腦後。

「能坐這嗎？」他指向我身旁放著球拍的位置。

雖不明白他爲何要繞一大圈跑來坐在我旁邊，我仍把球拍移到了長椅另一邊較窄的空位。

韓尚淵坐下後往前伸了伸腿，將兩手撐在身側，隨我一塊安靜地凝視前方。

明明那裡什麼也沒有，卻像能被我們倆看出一朵花來一樣。

隔半晌，他率先打破靜默：「我看見神燈精靈的小主人跑了。」

胸口一窒，我用力揪住衣襬，「或許他還會回來？」

韓尚淵沒有回答，不過肯定在心裡笑我笨吧，早就知道不可能，何必期待他給我正面的回覆？又不是說說便可以成爲現實。

「他不是我的小主人。」我放輕嗓音，用幾乎只有自己聽得見的音量道：「他是混蛋。」

我無法拒絕，所以只能不斷遷就，是我自作自受。偏偏心思單純如賴毅森，根本不懂我的糾結，理所當然地享受著特別待遇，眞是個混蛋。

我以爲韓尚淵不會聽到那四個字，不料他竟一針見血地反問：「既然是混蛋，爲什麼還要喜歡他？」

口比腦快的我立刻否認：「我沒有！」

簡直欲蓋彌彰。

韓尚淵沒受我的語氣影響，依舊沉穩，「那妳一個人坐在這傷心什麼？」

他從哪裡判斷出我正在傷心？我分明沒哭，也沒擺出失落的表情吧？

「我……」告誡自己不可以被牽著鼻子走，我咬了咬唇，沒好氣地問道：「所以你是專程過來打擊我的嗎？」

其實我不該對他張牙舞爪，他手裡握著祕密，隨時能反過來威脅我，即便那個謊言大概在開學後就會被賴毅森完全捅破。

出乎意料地，韓尙淵絲毫沒被激怒，亦未表現出無奈，他平靜地凝視著我，猶如全然理解和接納我不小心洩漏出的敵意。

「不。」他停頓了會，再開口時，聲音透著些許難以辨清的溫柔，「我是來聽神燈精靈訴苦的。」

然而，我還來不及因那句教人猝不及防的話，感到驚訝，幾乎在同時，有陣奇怪的細碎聲響傳入我耳裡。

那聲響時有時無，類似快速翻動書頁的聲音，我四處張望尋找聲音來源。

韓尙淵先是感到不解，後來大概也聽到了那個聲響，他拉住想起身的我，凝神專注聆聽聲音是從哪個方向傳出來的。

後來，我們在長椅下方大約二十公分高的空間，找到了發出雜音的罪魁禍首。

「爲什麼這裡會有蜻蜓？」發現在椅子底下奮力掙扎的身影時，我們不約而同開口，然後同時轉頭望向對方。

太近了。

頭險些碰在一塊，我嚇了一跳，將身子後傾，和他拉開距離。韓尙淵也有些訕訕，摸摸鼻子自動往右挪了一小步。還沒尷尬多久，蜻蜓努力拍動翅膀的響聲，又將我們兩人的視線引回了原處。

將近一分鐘，我們就這樣各自沉默，盯著那隻蜻蜓有一下沒一下地拍翅求生，誰也沒有動作。

又過了一會兒，我才硬著頭皮問：「你身上有塑膠袋或面紙嗎？」

「要幹麼？」問出這句話的同時，韓尚淵已經伸手去摸他的褲子，並後知後覺地想起他穿的球褲根本沒有口袋。

「……帶牠出去。」我指著那隻蜻蜓，極力掩飾心慌，說話卻難免斷斷續續，「可是我……有點怕那個……蟲，不敢直接碰。」

韓尚淵先是挑眉，繼而露出若有所思的表情。我猜他可能會取笑我，那麼大個人，還怕隻不會咬人的蟲，又怕又想救，像傻瓜一樣。

豈料下一秒，他果斷伸長雙手，毫無遲疑地合起手掌，捧著那隻蜻蜓，收手起身。他以眼神向我示意了下門口的方向，又道：「走吧。」

我仍處於驚詫之中，等他邁出好幾步了，才猛然回神跟上他。

出了門外，韓尚淵朝四周觀望了下，隨即走向距門不遠的一顆鳳凰木。此時正當花季，樹上妝點著色彩豔麗的橘紅色花朵，它在烈日下傲然而立，猶如凝聚了整個盛夏的燦爛。

韓尚淵將蜻蜓輕放在樹下，我湊上前關切：「牠能飛嗎？」

他觀察片刻，發覺蜻蜓仍像在館內一樣原地顫動著翅膀打轉，搖搖頭道：「好像不太行，腳跟翅膀沾了一些髒東西，灰塵還是棉絮之類的，對牠來說太重了。」

我也看到了蜻蜓左側薄翼上沾染的異物。「你可以好人做到底，幫牠弄掉嗎？我替牠拜託你了。」

話音甫落，韓尚淵便忍俊不禁地瞅我，隨後微微皺眉，面露苦惱，「我手勁比較大，要是沒控制好，恐怕會弄傷牠。」

想起從前賴毅森說要練習打蛋，卻把蛋整個打碎的悲劇，我感到一陣哆嗦。雖不確定韓尚淵會不會同樣手殘，但他如果不小心施力過重，把蜻蜓的翅膀扯下來怎麼辦？我無法想像那個畫面。

我嚥了口口水，再度繃緊神經，結巴道：「那、那你幫忙抓好牠，我來試試看好了。」

韓尚淵語帶遲疑地問：「沒問題嗎？」

也沒別的辦法了。我點點頭，下意識握了握有些僵硬的雙手。

韓尚淵動作輕柔地壓住蜻蜓的身體，將牠卡著異物的那半邊轉向我。我咬住嘴唇，用手指輕輕捏住那團黑灰色的棉絮，小心翼翼扯了兩下。見蜻蜓沒有反應，我更大膽地伸出另一隻手，試圖把整坨棉絮分開卸下。

就在這時，蜻蜓用力拍動薄翅，登時把我的膽子拍到九霄雲外。

「啊啊啊——」我失聲尖叫，瞬間竄離十步遠。韓尚淵弓身按住蜻蜓，抬頭找到躲個老遠的我時，居然大笑出聲。

我的雙頰燒得滾燙，很想叫他別笑，但喉嚨竟發不出聲音，只餘急促的呼吸。

好一陣子後，我終於平靜下來，韓尚淵也早就止住了笑，雙眸卻猶帶笑意，瞇得彎彎的，宛若初融之雪，教人挪不開目光。

他邁步朝我走來，再啟口時，並沒有取笑我方才的失態，而是道：「就差一點點了。」

我慢半拍地反應過來，定睛一瞧，蜻蜓翅膀上的髒東西已經被我去除大半，只剩一小團灰塵還殘留在邊緣。

我屏氣凝神，告誡自己務必要一次到位，快狠準地拿掉灰塵，絕對絕對不要再驚動那隻蜻蜓。

就在我的手觸及那小團異物，順利將之取下時，蜻蜓倏地飛騰而起，脫離韓尚淵的箝制。我驚呼一聲，快步後退，蜻蜓卻像鎖定了目標般朝我直撲而來，最後準確貼在我左胸口心臟的位置。

我嚇得動彈不得，無奈那又是個尷尬的部位，韓尚淵唯有擺出投降姿勢。

他氣定神閒地寬慰我：「牠也許只是想跟妳道謝？」

我哭喪著臉，「不不、不用謝，拜託你快走，我拜託你了……」

似乎聽見了我的請求，蜻蜓總算願意飛離我的胸前。大概是尚未適應重回自由的翅膀，牠飛的軌跡有些歪七扭八，繞完一圈，又在空中停滯了一會兒，才緩緩飛離。

視線循著蜻蜓離開的路線，我不自覺仰起下頷，這才注意到不曉得從何時開始，雲層已逐漸在天際連綿堆積，陽光也彷彿被籠上一層紗，變得昏暗。

我的目光往旁邊一轉，韓尙淵的側顏映入眼底，我總覺得那輪廓似曾相識。

他望著蜻蜓飛走的方向若有所思，神情略顯恍惚，半晌後才低頭看我。

大概是沒料到我正看著他，他的雙眼不自覺地微微睜圓，又很快收斂。

他忽然蹦出一句：「看這積雲，說不定會下對流雨。」

我拉回思緒，倒抽了口氣，卻是說：「糟糕，賴毅森沒有帶傘……」

如果他和朋友約的地方在室外，說不定會淋成落湯雞，畢竟西北雨總是來得又快又倉促，常讓人躲避不及，等好不容易找到遮蔽處，雨卻下完了，好似一場盛大的惡作劇。

我慢了一步意識到，不該在韓尙淵身旁提起這件事。

他淡漠的問話旋即傳來：「妳自己就帶了嗎？」

嗯？從他的語氣中，我似乎感受到一種奇妙的溫度差異。我回過頭，韓尙淵早已逕自走往附近的洗手檯洗手，怕自己手上沾了細菌，而我也連忙小跑過去。

剛轉開水龍頭，我便聽到他問：「中午吃不吃飯？」

說到吃飯，我就想起賴毅森欠我的債，心情瞬間不美麗。我邊洗手邊幽幽道：「回家吃自己。」

他扭上水龍頭，甩了甩手，轉身面向我，「那跟我一起吃吧，一個人也無聊。」

是說我無聊還是他無聊？我呆住，雙手被水流不斷沖刷著，最後是韓尙淵幫忙關上水龍頭的。我回神抹掉手背上的水珠，疑惑地問：「你朋友們呢？」

「不用管。他們那麼多人，不差我一個。我今天本來就是被硬抓來湊數的，也不是全都認識。」

聽著這句自相矛盾的回覆，我心中疑竇頓生，有個想法閃進腦海，促使我轉過身面對他。

難道真的如他所言，他是來聽我訴苦的嗎？

我不由自主地道：「我不需要被安慰。又不是小孩子了，動不動就哭，有什麼不如意就要找人討拍，萬一養成習慣，遇到實在不能哭的時候，找不到人傾訴的時候該怎麼辦？倒不如一開始就別體會那些。」

「誰說妳不是小孩子。」韓尚淵將雙手叉在腰際，下巴朝我一點，「妳可以自力更生了嗎？」

被他將了一軍，我說不出話，莫名氣惱，可越是生氣，我反而越會隱藏情緒。不能發怒，不能無理取鬧，那只會給自己帶來麻煩，忍過了就好，這麼多年的光陰，不都好好地忍過來了嗎？

「梁姒妍。」

我抬眸，突然驚覺，這似乎是他第一次喊我的名字，高一的上學期彼此沒有交集，我們幾乎沒交談過，下學期他開口時總稱呼我「班長」，我一度以爲他沒記住我的姓名。

原來他知道啊？

無視我的訝異，他微彎下腰，認眞望著我的眼睛，「雖然我不常關注別人在說些什麼，但一個人是不是在說違心話，我還是聽得出來的。」

我縮了縮脖子。

比起和他爭論，我認爲，順他的意一起去吃飯，說不定還容易些。

結果，還來不及找到吃飯的地方，雷陣雨就急匆匆地來打卡報到了。

感覺到豆大雨滴落在臉上的冰涼，韓尙淵迅速將我拉進路邊一間便利商店前的騎樓下，沒過幾秒，外頭便嘩啦啦下起了傾盆大雨，雷聲也隆隆作響。

我討厭震耳欲聾的轟隆聲，也擔心雨水濺溼球鞋，因此又往後退了些，半瞇起眼，「要不然就在這裡吃吧？一餐而已，無所謂。」

況且我也不是每餐都很固定，童年有段時期經常挨餓或吃不飽，後來漸漸就對食物沒什麼期待了……畢竟在某些情況下，「吃」比「不吃」更教人恐懼。

從表情來看，韓尙淵並不反對，於是我們鑽進便利商店。他挑了盒微波食品，我由於天氣熱，選擇涼麵，再拿兩瓶飲料。

我們結完帳，走到靠落地窗的位子，坐下安靜地進食和看雨。

他話不多，我也話少，然而，即使有一句沒一句地交談，仍意外協調，我絲毫不覺得氣氛沉悶。和別人相處時，很少有人能讓我感到安然自在，因爲一旦找不到話題，瞬間就會變得尷尬，不過韓尙淵卻是個例外。

對我而言，他似乎是那種……就算只是坐在一起放空發呆，也會讓我爲此刻的悠閒寧靜感到慶幸的對象。

磅礴地鬧過一場後，頑皮的雷雨在我們吃飽前就停了。

走回活動中心途中，我思考了一會兒，啟口小小聲地說道：「謝謝。」

「……謝什麼？」該明白的人反而覺得莫名其妙。

「可能我真的是在說違心話吧。」我將手背到身後，「現在好多了。」

得不到而不再奢求，跟真正不需要是兩回事，我之所以以為兩者沒有區別，理由是從不會有人跟我探討這中間的差異。

「萬一不小心養成習慣了，就來找我。」韓尚淵促狹道：「我不是混蛋，會對神燈精靈負責的。」

「還說不常關注別人在說什麼，明明聽得很清楚啊。」我忍不住咕噥。

「是因爲聽到妳的聲音吧。」他扔了記直球，迫使我轉頭關注。他自顧自解釋：「妳不是班長嗎？會在班上宣布重要事項，聽到妳說話就會不自覺豎起耳朵，免得漏聽了什麼重點。」

原來如此，光聽第一句話，實在會教人忍不住多想。

「那恭喜你解脫，高二分班，以後就只有搭車的時候會見面了，況且我也不想再當班長。」能者多勞，這位置還是讓能者來擔任吧。

「妳又知道了？妳選一類，我也選一類，運氣好的話，或許又會被編在同一班或隔壁班。」韓尚淵將手一攤，「再說我已經習慣妳的聲音了，短時間內應該很難戒掉。」

先不問他如何知道我選一類，也不問運氣好是怎麼回事，他究竟爲什麼要習慣我的聲音啊？前一任班長比我囉嗦，比我活躍，要習慣也該去習慣他的聲音吧！

然而，與我審視質疑的目光相觸，韓尙淵只是愜意地揚唇，沒有要再深入說明的意思，搞得我像個直盯著他看的傻子。

神奇的是，在這期間，我並未想起任何關於賴毅森的事，自然也忽視了稍早在球場內的沮喪。

如果我曾不小心擺脫了框架，還請記得我最眞實的模樣。

第三章　立秋

八月的時候，分班名單公告了。

當時我正在書桌前就著小鏡子剪瀏海，賴毅森冷不防闖進客廳大喊，害我差點手抖剪歪。要是剪壞就直接呆七天，雖說我平常不太出門，不怕人笑，但自己看也是滿彆扭的。

盯著手裡的剪刀，我嘆了口氣，放下後隨手拿個小夾子，將還沒處理好的瀏海夾上，把桌面上的碎髮掃進垃圾桶裡後，才起身走到樓下。

在客廳等得焦躁的賴毅森居然在樓梯口堵我，一見面便衝我問：「妳查分班名單了嗎？」

分班名單已經出來了？我一愣。本來想過幾天再上學校官網看看的，但賴毅森的消息一向比我靈通，他既然這麼問，就表示他已經確認過那份名單了。

見他一副迫不及待卻又神祕兮兮的模樣，我連忙搖搖頭，下一秒，就被他勾住肩膀往樓上房間推，「走走走啊！快點去查，妳一定超驚喜。」

超驚喜，難道我跟他同班嗎？免不了在心中抱有一絲期盼，我邊猜想，邊皺眉問：「賴毅森，你有沒有換鞋子？」

他乖乖讓我檢查腳下的室內拖鞋，「當然換了啊！妳的老規矩我怎麼會不知道？」

已經不知道了好幾遍才知道的！他之前穿著運動鞋踩進我房間，我房間可是白色地磚！隨便掉一根頭髮都非常明顯，更何況是沾著泥的黑色鞋印？那次我火大到只差沒讓他趴在地上自己擦乾淨了。

賴毅森熟門熟路地催我進房，將我按在電腦桌前，他發現主機呈現啟動的狀態，便點擊了兩下滑鼠，沒想到待機登入需要密碼。

「密碼多少？」他毫不客氣地扭過頭問我。

「你轉過去，我自己打。」我動手將他從螢幕前推開。

「讓我知道又不會怎麼樣，妳都知道我的密碼了！」他發出不平之鳴。

想用haha加六個連號的阿拉伯數字，換我的密碼？門都沒有！

況且我電腦的密碼，是他名字的英文縮寫跟生日，我壓根兒不想透露給他。

「快點。」我正色，他只得心不甘情不願地轉身。

我邊留心他有沒有偷看，邊快速輸入密碼。進入主畫面後，我很快地點擊瀏覽器搜尋學校官網，找到二年級分班名單的公告。

「好了嗎？」他又問，倒是很聽話地並未四處亂瞄。

「好了。」語落，賴毅森便像風一般颼到電腦前，我早已經打開了那份名單，直接在網頁上尋找自己的姓名。

二年二班，等於是社會組的第二個班級，居然這麼靠前？座號按姓氏筆畫排列，我的姓氏筆畫偏多，在整份名單的中間位置，我索性拉到名單最上方，開始逐一查看同班同學的姓名。

賴毅森沒有在我耳邊聒噪，卻顯得興致勃勃，我想，我應該還沒翻到這份名單的重點。

不消多久，我的視野中便出現一個熟悉的名字，「周穎童？」

「賓果！不只這樣喔，還有別的，妳再往下滑。」賴毅森興奮搖晃我握著滑鼠的右手，我被干擾得都沒法繼續看下去了。

艱難地推動滑鼠滾輪，越過自己的姓名後，很快地，賴毅森的名字便映入眼底。

雖說我早就從他的反應，料到他跟我同班，卻不曉得同班的人之中也有周穎童。

問題來了，他高興是因爲跟我同班呢，還是因爲跟周穎童同班呢？或許都有吧，不過肯定是後者更多一些，畢竟他跟我相處的時間，無須「同班」這件事來錦上添花。

「原來你也跟我們同班，很棒啊。」我刻意讓語氣顯露出少許愉悅，然而，當我望著賴毅森從屈膝姿勢蹦起來歡呼時，不禁抿起雙唇，避免嘴角不受控地往下掉。

我收回目光，原想關閉已算瀏覽完畢的分班名單，目光卻不經意聚焦到，位在賴毅森下方不遠處的一個名字。

那個名字彷彿在取笑我不久前曾說過的話般，如此清晰。

——韓尚淵。

我頓時懷疑這名單是惡意的集大成，又說不清楚它詭異在哪裡。我匆匆關閉網頁，螢幕右下角卻冒出一個電腦版通訊軟體的訊息，內容簡單扼要地寫著「我就說吧」四個字。

看清楚傳訊人是誰之後，我一陣無奈。跟韓尚淵一起吃飯那天，我們互加了好友，自那之後他還不曾傳任何訊息給我，結果今天一傳就是句很隱諱的調侃，別人乍看還不懂他指的是什麼，只有我心知肚明。

孰料我旁邊正好有個好奇心頗重的別人，賴毅森瞄到韓尚淵的訊息，指著螢幕，宛如逮到獨家新聞的記者般逼問：「什麼？那是什麼意思！」

「偷看還敢問。」我沒想理會他，逕自關掉螢幕。

「妳不是跟韓尚淵不熟嗎？連他在哪個社團都不知道。可是看他剛才的語氣，好像也不是那麼不熟啊？」賴毅森蹲坐在電腦桌旁，桌緣上，一雙銳利的眼神正盯著我，「該不會你們之間有什麼我不知道的事情吧？」

我錯了，不是記者，他現在更像個在逼問老婆姦情的人夫。

我在心裡打了個哆嗦，不想讓他誤會，於是趕緊否認，半真半假地解釋：「沒有，去打球那天不是有碰到嗎？你離開之後我們小聊了一下，就聊分班的事，我說應該不會再同班了，他說不一定，沒想到高二真的又同班。」

賴毅森露出半信半疑的模樣，隔半晌忽然得出一個神奇的結論：「所以他想跟妳同班啊？」

他從哪聽出了這句言外之意？我捏住眉心，決定立刻把他趕走。我害怕我們接下來的話題都圍繞著韓尙淵，而我居然在跟自己喜歡的對象聊另一個男生，重點他還對此渾然不覺。

我將賴毅森推出家門外的時候，他仍在吵嚷，埋怨他都沒有祕密瞞著我，而我身爲從小和他一起長大的超級好朋友，卻老是有心事不肯告訴他。

當下我忍不住想，要是我吐露出隱藏多年的祕辛，我們還能是超級好朋友嗎？

大概是，不行的吧。

換位思考，我也不願意心裡裝著其他人的時候，還和傾慕自己的異性朋友互動親密，那不僅會讓前者誤會，自己也會因無法回應後者的情感，而感到負擔。

回到房間後，我拿起放在書桌上的手機，點開和韓尙淵的對話框，決定把氣出在他身上。

「都怪你。」在錯誤的時機傳訊息給我，才會被賴毅森瞧見。

「……妳自己立的flag，還怪我？」韓尙淵當然不明白那三個字的另一層涵義，看起來有些啼笑皆非。

不可言說，我索性回傳了一個鬼臉符號，將手機扔回桌角，拿起剪刀繼續剪我的瀏海。

八月底返校，隨著熟悉的人流走往全新的方向，我和賴毅森很快便找到新班級的所在位置。

校車抵達的時間偏早，此時班上還沒有什麼學生在，少數早已結識的人正湊在一起聊天，多數則在位子上各做各的事。

剛分班，大家都沒有交集，一大早的也沒心思互相認識。

「妳要坐哪？」走在我後方的賴毅森問。

我觀望了一圈，見坐慣了的靠窗位子還是空的，我朝那座位指了指，「那裡吧。」

他點點頭，選了我身旁的位子坐下。同一時間，我發覺教室內的交談聲似乎微微止歇，抬眸便不經意接觸到某些人探究的目光。

跟賴毅森走在一起久了，注目禮定是少不了的。

隨後，聽見後方椅子被拉開的聲音，我回過頭，目睹一臉沒睡飽的韓尙淵，信手將書包扔在桌上。他朝我頷了下首後，直接趴下陣亡。

看這模樣，他肯定還沒將假期時差調回來。

我想，韓尙淵大概也是選擇了自己早已習慣的座位，便不以爲意。收回目光時，我發現賴毅森正用戲謔的眼神望著我，還笑得不懷好意。

我用膝蓋想都知道他在隨便腦補！我皺起眉瞪他，賴毅森裝模作樣地用雙手遮住雙眼，卻還是從縫隙偷窺，我拿他頑皮的行徑一點辦法也沒有。

不過，能轉移他注意力的對象很快就現身了。

周穎童與一路談笑的朋友們在教室外道別，神采奕奕地踏進二年二班，與我視線對上時瞬間眼睛一亮，不顧其他人好奇的注視，熱情地朝我揮手。

「姒妍！」她抱著書包朝我直奔而來，興高采烈地在我前方的空位落坐，轉過頭來喋喋不休：「查名單的時候我好怕沒有熟悉的人同班，前面座號全都是別班的名字，只有我孤零零在那，後來看到妳的名字眞是太高興了，幸好有妳在！啊，還有尙淵……他在補眠嗎？」

她微仰起臉往後看，我連忙側過身免得阻礙她的視線。韓尙淵這時也因爲周穎童的說話聲，從臂彎中抬起一隻眼睛，敷衍了事般對她搖了下手掌後，便埋首繼續睡他的覺。

見周穎童誰都提到了，就是沒注意到斜對角的賴毅森，我的內心很矛盾——理智上清楚他不好突然插話，我該趁機幫他刷一下存在感，感性部分卻不太情願，拖著拖著，隔壁桌的怨氣都飄到我這來了，壓力眞大。

明明暑假期間，他和周穎童都用通訊軟體聊過好幾次，怎麼他在她心目中的順位，還不如平素毫無互動的韓尙淵呢？匪夷所思。

頂著壓力，我總算開口，卻是問周穎童：「跟我同班妳很開心？」

周穎童不假思索，「當然啊！姒妍很可靠，有妳在的話好像什麼都不用擔心……不過妳也別讓自己太累，高一下學期很辛苦吧？」

回答到最後居然關心起我來，眞不愧是親切體貼的周穎童。

我搖搖頭，邊用餘光去瞄賴毅森，邊回應道：「現在不是班長了，沒有那麼多事。」

某人癟著嘴，一副可憐兮兮的模樣。他現在肯定很想往前坐吧，我很抱歉這局搶了他的風頭。

周穎童敏銳地留意到我的心不在焉，這才循著我的目光偏頭望向賴毅森，然而不等他說話，她就又轉了回來，面上寫滿歉意，那表情跟賴毅森簡直有九分相似，直擊我的心防，不論對錯我都決定原諒她了。

「對不起！我打擾你們說話了吧？一看到妳就急忙跑過來了，居然沒注意到妳是不是在跟別人聊天。」她合起手掌，小聲道歉。

不是她沒注意。當時賴毅森顧著關注她，哪有閒工夫跟我聊天？

「妳過來的時候我們沒有在說話……」說到一半，我停了下來，抿住雙唇，忽然覺得這說不定是個澄清的好時機。當事人正好都在，反正總要面對的，長痛不如短痛，早點講清楚的話，我至少不必因爲對眾人扯謊而感到心焦。

瞥了賴毅森一眼，我深深吸了口氣，壓低音量道：「而且妳不用那麼小心，我跟他，其實不是大家以爲的那種關係。」

周穎童聞言一愣，不自覺斂起了笑容，困惑地悄聲問道：「不是……『那種關係』？」

似是沒料到我會選在這裡，用一種若無其事的態度跟周穎童坦白，賴毅森略顯倉皇，可能是擔心沒有事先套好招，我會說出什麼超出預期的話。

但我根本沒打算多說，簡單明瞭即可。

「我們不是男女朋友。」也就是她從侯欣怡口中聽說的，假交往。

「咦？」周穎童比我想像中還要驚訝，支吾了半晌，才吶吶問：「但你們不是……」

「我們是青梅竹馬沒錯，」我在腦中斟酌了下說法，盡量避重就輕，語氣和緩道：「不過我們沒有在一起。一開始是被誤會，後來貪圖某些方便，彼此就沒有澄清，但那並不是眞的。」

語畢，我用眼神向賴毅森示意，他仍在恍惚，隔片刻才慢好幾拍地點頭。

周穎童掩著下半臉，難以置信的神情大概一時半刻無法散去。該講的都講了，我放在百褶裙上的雙手握緊了拳頭，故作從容地站起身來。

「我先去一趟洗手間，否則晚點就要打鐘了。」這自然是藉口，時間還早，我不過是想去洗把臉，讓浮動的心緒冷靜下來。

剩下的，就靠賴毅森往後自個兒努力吧！我要是繼續勉強自己，恐怕再難維持鎭定，會不小心露出尖銳的醜陋模樣，令他望而生厭。

倘若他之後沒能順利表白，或是周穎童拒絕了他的追求……

有這些變因存在，我也許並沒有完全失去資格？

站在洗手間的鏡子前，我盯著裡頭神色萎靡的自己，只覺得各方面都比不上周穎童。既然賴毅森心儀的是那樣鮮活靈動的女孩子，就算告白失敗，也不可能回頭選擇根本不是他理想型的我吧。

結果最後，也還是在自欺欺人啊。

然而，在一切未成定局、在他身邊還沒有人陪伴之前，我實在無法放棄心裡那渺小的希冀。反正等待一向是我的專長，漫長也好、辛苦也罷，都是我自願的，假如最後眞的不行，至少我不會後悔放棄得太早。

扭開水龍頭，用清水反覆拍了拍臉，直到微涼的溫度讓思緒恢復清明，我才關上水龍頭，用面紙擦乾臉上的水珠。

走出洗手間，一抬眸，我便瞧見本該在教室裡和周公下棋的韓尙淵，現在正靠在不遠處的矮牆上，撐著頭看向遠方，像在沉思。大約是眼角餘光捕捉到我的身影，他轉過頭，見我站著不動，索性邁開步伐朝我走來。

聽見了，裝作不知情也就算了，爲什麼要特意來找我呢？我眞的不想習慣被人安慰啊，對象還是個男生，萬一不小心產生移情作用怎麼辦？

我深怕韓尙淵又會扔出一針見血的問題，乾脆搶先道：「只有想找碴才會在廁所外堵人，難道我以前招惹你了嗎？」

語畢，他的神情便出現短暫凝滯，盯著我一會兒，隨後竟意有所指地道：「嗯，在妳不知道的時候。」

他看起來並不像開玩笑，這下換我愣住了。

我以前招惹過他？認眞嗎？我不記得同班期間做過坑他的事啊。

「別想了，絕對不是妳認爲的那樣。」他往我額頭上輕拍了一下，然後硬是將話題扳了回來，「我不曉得怎麼說妳，爲什麼總要跟自己過不去？」

他邊問邊打量我的面容，大概是臉上仍有些溼潤的痕跡，他看著看著便皺起眉頭，面色陰鬱，讓我產生了他正爲我感到不值的錯覺。

應該不會吧，又不是多深的交情。

「我沒哭。」我蹙眉揉了揉被拍過的地方，語帶諷刺地道：「你不是很惜字如金嗎？話怎麼越來越多了，淨關心一些不該關心的，多管閒事。」

他合上嘴，半晌後才呼出一口長氣，「梁姒妍，就算刺傷別人，妳的心情也不會變得比較好，更何況我過來之前，早就做好被當出氣筒的心理準備了，任何難聽話我都不會往心裡去。」

以爲自己豎起了刺蝟般的防禦，孰料卻是舉著把雙面刃。

那番話的確太過頭了，話才剛出口，我便感到過意不去。內心產生動搖，表情就很容易被逮到蛛絲馬跡。

「……對不起。」

或許我只是卑劣地想試試，被惡言傷害之後，他會不會選擇放棄，不再管我。如果他放棄了，我就可以縮回殼裡，嘲笑他曾經的大言不慚。

「我也不是來聽妳道歉的。」

見韓尙淵伸手，我以爲他又要拍我的額頭，下意識後退了一步，結果後方是牆，根本退無可退。

注意到我躲閃的舉動，他的動作也跟著停滯，下一秒，我察覺有個人影偷偷摸摸竄到他的身後，還來不及提醒，那個人便驀地往前一撲，幸好韓尙淵反應不慢，擱在半空的手轉而用力按在牆上，適時阻止了彼此身體的親密接觸。

我嚇了一大跳，甚至不小心驚呼出聲，好在我發出的音量偏小，大概沒有傳出去。不過，這一幕被人看見就不好了！絕對會成爲茶餘飯後的八卦。

透過縫隙，我望見韓尙淵後方惡作劇成功的短髮女孩，捧著肚子笑得很開心，「哈哈哈哈！韓尙淵我就知道是你！你在對女生做壞壞的事嗎？」

我不敢抬頭，只感覺到韓尙淵的呼吸近在咫尺，紊亂的氣息拂過我的髮際，像在隱忍著什麼，讓手足無措的我有點抖。

大約過了一世紀那麼漫長的時間後，韓尙淵退了開來，我的視野也終於變得寬闊，能看清他的神情……可他迅速迴避了我的視線，撇過頭去。

隱隱約約的，我似乎瞧見他的耳根有些泛紅。

他轉過身，直接伸手去抓那名短髮女孩，話音裡，有著幾不可察的惱怒，「包子，我是不是太久沒有修理妳了？」

「不要叫我包子！我有名字！我叫韓佳音！韓——佳——音——」短髮女孩一面躲，一面大聲嚷嚷。

「我看妳是很想裂開當叉燒包。」韓尚淵大步流星，一下子便掐住韓佳音的後頸，就這樣半拎著嬌小的她往教室方向移動，期間沒再回頭給我一個眼神。

「啊啊啊啊——韓尚淵！我要跟大伯告狀，說你在學校霸凌我！快點給我放開！」韓佳音毫無形象地掙扎扭動，可惜依然無法擺脫箝制。

多虧她的吵鬧聲，我很快從恍神狀態清醒過來，無語地望著兩人的身影逐漸遠離。比起我和韓尚淵，說不定韓佳音跟他引來的關注還多些，而且我算是被惡整波及的，應該不至於傳出奇怪的謠言。

自我安慰一番後，我才後知後覺地發現，感覺交情頗深的兩人居然同姓，而且韓佳音方才說了什麼？她要跟「大伯」告狀？

猜了半天，原來他們是親戚嗎？

不久後，我就在教室裡得到了答案，而韓佳音竟也是二年二班的一員。

「她叫韓佳音……我堂妹，妳叫她包子就行了，反正就是顆包子。」韓尚淵很不客氣地捏了下韓佳音尚未褪去嬰兒肥的臉頰。

「不要亂教！信不信我咬你！」韓佳音對他張牙舞爪，轉頭後，卻用亮晶晶的眼神望向我，「妳就是那個五星金手指啊？妳知道韓尚淵爲那次活動抽卡存了多少代幣嗎？足足五百抽，五百抽的量欸，無課金花半年多存的！結果自己抽完，半張五星卡都沒有，好不容易又存了一抽，在那邊患得患失不敢下手。誰曉得妳只是路過，隨手幫忙，就抽中那張他最想要的卡！妳會不會太神？」

我聽完她連珠炮似的一串話，只懂了個大概，總之就是韓尚淵手氣太背，而我太好，光看韓尚淵面無表情的一張臉，便能推測出韓佳音沒有胡說八道。

「所以你那天心情不好是因爲……手遊沒抽到喜歡的卡啊？」我沒把時間描述得太明確，以免被坐旁邊的賴毅森聽出端倪，雖說韓佳音站在我和他之間的走道，擋住了他的視線，可這不妨礙他豎耳傾聽。

韓尚淵抿直了唇線，隔半晌才僵硬點頭。

還眞是，不可貌相啊。我努力按捺住想調侃他的衝動。

隨即，一些零碎的記憶片段竄入腦海，我忽然想起從前在小學園遊會上拿到巧克力奶茶的經過……前因後果大致上還記得，人物跟對話那些就多多少少因時光沖刷而模糊了——

當年，遊戲場旁擺了個抽糖果的攤位，各種糖果被分裝在大小不同的禮物袋和可愛罐子裡，其中最大獎是個超過三十公分的奶瓶造型糖果罐，裡頭裝滿了顏色繽紛的彩虹糖，讓愛好甜食的小學生們趨之若鶩。

賴毅森拉我去湊熱鬧前，已經跟朋友們先玩了幾次，卻都只獲得了參加獎——兩根棒棒糖。因爲最大獎還沒被抱走，他覺得自己仍有機會，所以一直不死心。

我從抽獎箱裡撈出一張籤，在拆開的途中，便聽見從旁傳來的說話聲。

「喂，你抽到什麼？」

「哈哈哈，不用問他啦！他抽獎運很爛，你看你看，我抽到這個超棒的！」

出於好奇，我往隔壁覷了眼，被其他人晾在一邊的男孩並沒有發脾氣回嘴，只是默默盯著手中的籤紙，像木頭人般動也不動。印象中，他的側臉看起來相當哀怨，此外，也讓我覺得有些眼熟。

我猜，那張籤大概眞的不太好吧。

見男孩似乎留意到我的注視，偏過頭來，我連忙收回視線，埋首確認自己籤紙上的號碼，繼而抬眸往攤位上尋找對應的獎品。當目光掃過那瓶糖果罐的號碼牌時，我不禁睜圓了眼，還沒來得及啟口，賴毅森就歡呼起來。

「姒妍！我抽到那個！」他指著攤位右邊，那兩個裝滿金平糖的大玻璃罐，邊說邊一蹦一跳跑去找老闆兌換，開心的模樣讓附近的學生們露出豔羨的眼神，也包括旁邊那位男孩。

想起他失落的神情，我內心一動，躑躅片刻才鼓起勇氣，伸手拍了拍他的肩膀。

男孩拋來目光，而我這才發現，原來他是放學後，固定會和我搭同一班公車回家的學生，候車時，我們偶爾會不經意對上視線，而從對方現在的表情判斷，他應當也認出我了。

在他說話前，我連忙比了個「噓」的手勢，並將手上的籤紙遞給他，示意彼此交換。

驚訝過後，他皺眉露出猶豫又納悶的表情，但我注意到賴毅森已經換好禮物，慌張之下，乾脆直接抽走男孩捏著的籤紙，將自己的放到他手中。

「給你。」

話音甫落，我像做了壞事般拔腿就跑，還順道拉走步伐雀躍的賴毅森。

「怎麼啦？」他頻頻回頭，覺得莫名其妙，「妳不去換妳的獎品嗎？」

「只是棒棒糖而已。」我搖搖頭，將參加獎的籤紙收進口袋。

須臾，後方的攤位上爆出驚呼聲，我和賴毅森同時回頭，映入眼底的便是男孩被幾位朋友簇擁在中心推擠笑鬧的畫面。

能順利幫上忙，讓我不禁鬆了口氣，卻讓賴毅森誤會了。

「不開心喔？」他以爲我是因爲沒抽到好獎而嘆氣，歪頭想了會，居然將一罐金平糖拆給我，「我們一人一半！」

「可是……」

他不就是想拿更好的糖果才抽了那麼多次嗎？送我的話，他可以吃的就變少了，而且他說不定還得分給其他同學。

「我只要有抽到就很滿足了！而且好吃的東西，一起吃才會更好吃啊！」他歡快地說，神情沒有半點不情願。

我被那樂呵呵的模樣說服，接過糖果罐，緊緊抱在懷裡。

逛完攤位後，我和賴毅森回到各自的班級攤位，在快到帳棚前，我突然被人拉住，嚇了一跳。我轉身後退，發現正困窘收手的居然是稍早遇到的男孩。

「對、對不起，因爲我不知道妳的名字。」大概是太過緊張，他雖綻開了笑，卻只看我一眼，目光便開始飄移，「那個，剛才謝謝妳，眞的謝謝……」

等終於反應過來，我才注意到他有點喘，導致講話斷斷續續……不會是爲了找我而在學校裡四處跑吧？明明我跟他放學之後也能見到面。

受他情緒影響，同樣感到不好意思的我低聲問：「你的心情好一點了嗎？」

他先是點點頭，又飛快補了句：「其實原本也沒有不好。」

他像在強調自己並不幼稚，不會讓一點點小事破壞心情。

但當時，我並未察覺對方隱晦的想法，只單純爲他顯而易見的欣喜而高興。「那就好，今天要開開心心的啊。」

男孩因這句話莫名一愣，回神後突然低頭湊近，將一瓶飲料塞進我手中，吶吶道：「糖果被其他人拿回班上了……我現在只有這個，這很好喝！」

我張了張嘴，很是驚訝，還來不及出聲，男孩便往後退，接著飛也似地跑走，留我在原地盯著手裡還冰冰涼涼的巧克力奶茶發愣。

「所以這個是……禮物的意思嗎？」我摸不著頭緒，喃喃問道。

「很搞笑對不對！」

隨即，韓佳音清亮的嗓音，將我的思緒從園遊會硬生生扯回教室。

我眨眨眼，看見她刻意靠到韓尙淵身邊，微微蹲下。

「而且偷偷跟妳說喔，他憂鬱的時候還會躲起來喝含糖飲料，跟這個氣質——」她對著韓尙淵上下比劃，神色嚴肅，「超不搭的！」

語畢，她便破功大笑，甚至笑出眼淚，還算安靜的教室內瞬間充斥著她的笑聲。她那深具感染力的聲音讓我不由自主揚起唇角，意識到後，立刻摀住嘴，清了清喉嚨掩飾。

我小心翼翼抬眸，想掃描一下有沒有人注意到，旋即接觸到韓尙淵詫異的目光，他像發現新大陸那般，驚奇一寸寸爬上他的面頰。

他看到了，百分之百看到了。

他驀地開口：「包子。」

「啊？幹麼？」忽然被點名的韓佳音反射性回應，剛笑完的嗓音微微澀啞，還忘了不想被叫包子的事。

「繼續說吧，有什麼糗事，都讓妳說。」韓尙淵雙手交疊，支在下頷前方，一副相當大方的口吻，讓韓佳音十分錯愕。

幾秒後，她抖了下，露出「有病就該吃藥」的眼神，迅速溜回了靠前方的座位，彷彿此時的韓尙淵身上帶著可怕的病菌，教她不敢接近。

側坐在椅子上的我半低下頭，正前方是睜大眼好奇觀望的賴毅森，右方眼角則能瞥見韓尙淵目不轉睛盯著我這邊瞧，我頓時滿頭大汗，唯有默默地、默默地將自己的身子轉正，不曾想一抬眸，前方又是周穎童回過頭來笑吟吟的表情。

我忽然想回家了。

返校日只有短短半天，用意是讓換班後的學生們提早認識，選出班級幹部以及安排內外掃地工作。通常全校進行簡單的掃除後，各年級會分批到圖書館領書、發書，中午不用吃午餐即可放學。

本以爲熬過四個多小時就好，沒想到又被墨菲定律開了個大玩笑。

幹部選舉時，最重要的班長職位，無人自願或提名，班導索性拿了手邊的書來隨機選擇號碼，結果好巧不巧，他翻到的頁碼，正好是我的座號。

「二十號，等我看看名單啊……梁姒妍同學，今天有出席嗎？坐在哪裡？」頭髮半白、笑容慈祥和藹的班導往講臺底下張望。

我緩慢地舉起手，猜想自己現在看起來肯定一臉泫然欲泣。

「老師！姒妍高一下已經當過班長了，這學期還要接著當，很衰耶！」賴毅森幫忙喊了句，語氣聽起來卻稍嫌促狹，惹來一陣笑聲。

班導氣定神閒地道：「那太好啦，有經驗的人駕輕就熟，老師很放心。這學期就麻煩妳擔任班長了，梁姒妍同學。」

他的神情那麼誠懇，我除了答應之外，還能怎麼辦？於是在來自於鄰座跟後座的悶笑聲中，我無可奈何地點了頭。

都怪我這張嘴，沒事愛亂說話，才會被老天爺嘲弄。

決定了班長人選，導師隨即詢問副班長之職是否有人願意擔任。我轉頭盯住賴毅森，而他竟豎起手掌作爲盾牌，阻擋我的視線，擺明了想拒絕。高一下同樣是忙碌班長的他，這學期想必連當副手都不情願吧。

看來班導又得翻書了。

正思忖，我便看見前方座位的周穎童舉起手，自報姓名：「我可以唷，我是座號十三號的周穎童。」

有人自願，無人競爭，班導順理成章地將周穎童登記到幹部名單內。我猶自愣怔，周穎童半回過身來，雙手握拳輕聲對我說了句「加油」，接著綻開笑靨。

這瞬間，周遭的景物全都黯然失色，唯她瑰麗鮮明。

怎麼辦呢？就算再喜歡賴毅森，我果然，還是沒辦法討厭周穎童啊。

中午發完了書，尚未打鐘，班導便早早放人了。由於還有些時間，我將大部分教科書分類整理好，放進專屬於我的置物櫃內，打算只帶隔天課表上主科的書回家提前翻閱，免得負荷太重。

在教室另一頭的櫃子前起身時，我發覺賴毅森已經背上了書包，站在走道上自然地和周穎童聊天，兩人談得投契，似乎是什麼很有趣的話題，周穎童頻頻笑著拍手，賴毅森的眼睛也瞇成好看的月牙。凝視著這一幕，我突然不確定該不該回座，破壞這幅美景。

下一秒，有人突兀地在我耳邊打了個響指，受到驚擾，我的思緒總算重新歸位。

「該回家了，」韓尙淵的聲音響起，我回頭，恰巧聽見他戲謔地喊道：「班長。」

我沉下臉，瞄了眼他的白色運動鞋，著實想踩上一腳。

「你眞可惡。」我悶聲。

「不可惡也改變不了妳是班長的事實。」他泰然自若。

「以後別想拜託我幫你抽五星卡了。」我冷哼。

順利擊中對手罩門，韓尙淵的表情堪比晴天霹靂，接著像個背後靈似地跟著我回座整理書包，還不斷低語賠罪：「小的錯了，您大人不計小人過，有需要時請儘管吩咐小的，小的隨傳隨到。」

背好書包正欲離開，必經之路卻被他堵住了，我擰起眉心，「走開。」

韓尙淵跳開，我板著臉繞過課桌往外走，他還是繼續當背後靈，大概眞怕我以後不幫他。

剛走出門外幾步，我猛然意識到不對，登時煞住步伐。

等等，我好像忘了什麼？啊……賴毅森。

我急急忙忙走回教室後門，賴毅森仍站在原處，只不過停止了聊天，兀自呆呆地望著後門的方向，看起來有些不知所措，而周穎童則看看他又看了看我，納悶地偏頭，像搞不清楚發生了什麼事。

從小到大，這是我第一次不小心遺落了他。

後來，賴毅森當然沒有因此發脾氣，只不過回程路上又揶揄了幾句「喜新厭舊」之類的話，讓我不禁憤慨。到底是誰有了新歡，還沒神經地老愛在我面前提，害我一口鬱氣堵在胸口，就差沒吐血了。

至於向周穎童坦白我們倆並非情侶一事，賴毅森也和我透露了，我去廁所期間錯過的對話。

「她信誓旦旦地保證會幫我們保密，眼神認眞到我差點笑出來……後來當然是告訴她不用再對其他人隱瞞，不然妳就白跟她說啦。」

他一副理所當然的模樣，可見完全不在意謊言遭到戳破、假關係被公開，也不在意和我失去一層連繫。

我猜，那時他短暫的失神，僅僅是不習慣我罕見的健忘吧。

而過了這天，消息果然漸漸傳開了，畢竟隔牆有耳，即使周穎童不說，也會有其他不經意聽到的人將八卦傳出去吧！

大家口中的說法大致有兩種：符合事實的，以及「我跟賴毅森根本是分手了卻硬要假裝沒交往過」的版本。但無論如何，我跟他都不再是被甜蜜綑綁在一起的關係。

明明從未開始，卻好像就這麼草草收尾了。

可惜，感到空虛的從來都只有我一個人。

正式開學後，由於擔任幹部，又要兼顧課業，我的生活依然如高一下那般忙碌，不過細節處卻有了很微妙的改變——平時圍繞在我身旁的人突然變多了。

相較於高一時的可有可無，逐漸開始有人回頭尋找我的存在，擔心我沒有被隊伍捎帶上。

我想，這與平時會和我聚在一起的幾個人，大概有很大的關係吧！

賴毅森、周穎童是出了名的人緣極佳，他們在別班的好友，甚至會在下課時，刻意繞過來找他們聊天；而韓佳音也是班上的開心果和小太陽，連悶騷的韓尚淵都會被她鬧得喪失矜持，更別說我了……自從她發覺我不常笑，便經常偷搔我癢，或找些奇奇怪怪的東西試圖逗我笑，可惜成功機率不高。

「姒妍姒妍，妳快聽聽看這個！」某次下課，韓佳音神祕兮兮地跑到我座位旁，播放一段影片，鄰座幾個人也好奇地跟著湊過來。

她按下播放鍵，手機立刻傳來一串「咕嚕嚕嘎嘎嘎呱呱呱哈哈哈哈」的詭異笑聲……原來她特意去找了段笑翠鳥的叫聲，擷取當中最精華的部分放給我聽。

結果，最終讓我嘴角上揚的並不是笑翠鳥的聲音，而是周遭幾位，包含韓佳音本人抱著肚子笑到東倒西歪、人仰馬翻的滑稽場面。

♪

九月底，由於彈性休假調整，最後一週的週六需要補班補課，然而供應營養午餐的廠商卻出了問題，導致訂學校營養午餐的學生們，最終只能臨時改訂便當。

早自習時，我就已經調查好班上便當的葷素數量，並早早把調查表送到學務處。便當在第四堂課時被送來，放在教室後方的餐車上。

「交調查表的時候，我聽學務處的人和其他班班長說，廚房昨天半夜失火，好像蠻嚴重的，幾乎都燒毀了。」

午餐時間，我和周穎童一邊拆著塑膠袋讓同學們領便當，一邊討論營養午餐忽然取消的原因。葷食便當的主菜全都相同，沒有讓同學們挑選的必要，所以我們倆幾乎是機械式動作，發便當時還有餘裕能夠說話。

「不曉得下禮拜的午餐會怎麼處理？學校恐怕很難馬上找到新的廠商配合吧。」周穎童皺了皺眉，隨手又遞出去一個飯盒。

我點點頭，「或許會連吃好幾天的便當。」

「希望便當比營養午餐好吃。」她俏皮地吐了吐舌，小聲批評：「學校營養午餐太難吃了，上次肉片還跟我裝熟。」

聞言，我忽然想起賴毅森以前說過的冷笑話。「妳可以捧著便當盒到教室牆角，它就會變熟了。」

「爲什麼呀？」她疑惑。

我沒吊胃口，直接解答：「因爲牆角有九十度。」

周穎童似乎沒料到我的嘴裡會突然蹦出一則冷笑話，她怔怔地停下手中的動作，我連忙代替她將便當遞給正在等候的同學。

孰料等她回過神來，竟可憐兮兮地問：「那像我這麼大的一塊肉，會不會也跟著一起烤熟了啊……」

這結論太過清奇，我無言以對了半晌，莫名覺得有點好笑。

「啊！妳笑了耶。」周穎童伸手指著我，滿臉驚喜，「我等等必須跟佳音炫耀！這禮拜她還沒成功過呢。」

我忍不住瞟她一眼。這些人，總是以讓我露出笑容爲己任，我實在搞不懂原因，這表情明明就不適合掛在我臉上，甚至會令人感覺煩躁，所以從前奶奶才經常……

意識到思緒即將跑偏，我閉了閉眼，立刻阻止自己繼續想下去。

好不容易發到剩下兩個便當，我和周穎童各自拿了回座，剛坐下還來不及享用，便有同學來詢問廚餘的問題，我只好又起身忙碌。

安置好廚餘桶，我走回座位才注意到手在拿水桶時被弄髒了，掌心處有明顯的汙痕，正打算去洗乾淨時，周穎童從前座轉過身來，求助似地盯著我瞧。

「姒妍，妳敢吃青椒嗎？」她吞吞吐吐的，「我的便當裡有一道青椒肉絲，剛好放在白飯上面，可是我很怕青椒的味道，如果妳敢吃的話，可以跟我交換嗎？」

「我敢吃，但說不定我的也有。」我對她比了比桌上還未動過的便當，「妳看看，如果正好沒有就換吧！我出去洗個手。」

「好唷，謝謝妳。」

換便當不是什麼值得困擾的大事，因此我當下完全沒有多作考慮。

隔幾分鐘回座，周穎童再次回頭道謝，說已經換好了便當。我輕輕頷首，拉開便當盒上的橡皮筋，然而當便當內的菜色映入眼裡時，我睜圓雙眼，排山倒海而來的恐懼瞬間將我淹沒，往事一幕一幕浮現，彷彿永遠揮之不去的陰霾，令我難以逃脫。

我「啪」地一聲蓋上盒蓋，渾身上下都在止不住地顫抖，即使用力抱住手臂，仍無法遏止。

「梁姒妍，妳怎麼了？」頭一個發覺不對勁的韓尚淵從後座喚了聲，也引來鄰座賴毅森的注意。

留意到我不正常的舉動，賴毅森扔下筷子從椅子上彈起來，迅速地拿走我桌上的便當盒，「妳的便當裡有韭菜花嗎？」

我動彈不得，他乾脆自行掀開確認。隱隱約約地，我聽見他低聲咒罵，隨即丟下便當盒，走過來輕輕攬住我，安撫般拍著我的背。

「沒事了、沒事了，別怕，這裡沒有人會逼妳吃，好嗎？」他柔聲勸慰，擁抱的溫度逐漸平穩了我急促的呼吸。「不用擔心，那個人早就已經不在了，妳永遠都不會再看到她。」

沒錯，她已經不在了，我不會再看到她，也不必再反覆吃下自己完全不想碰的食物。就算嘔吐，還是得忍耐著撿起來吞回去，否則接下來幾天都得挨餓的日子，已經不會再出現了。

沒事了。我不斷反覆地告訴自己，真的已經沒事了。

隔一會兒，確定我不再發抖，賴毅森才放開我，抽了張衛生紙按按我溼潤的眼角，「好點了嗎？」

「嗯。」這聲回答帶著鼻音，讓我感到難為情，忍不住搶過他手中的衛生紙，自己默默擦臉。

這時我才留意到，因為方才的動靜，班上好幾位同學的目光都被吸引過來，此時正在交頭接耳，而周穎童則站在走道上，侷促不安地望著我，下一秒，連韓佳音都捧著便當湊近，納悶眨眼，半邊臉頰還被飯菜塞得鼓鼓的。

「她、她怎麼了？」周穎童被我突如其來的舉止嚇呆了，說話時微微結巴。

「姒妍不能吃韭菜花，呃，有一些特殊原因。」賴毅森抓抓頭髮，畢竟事情涉及我的隱私，他不好直接在現場透露。

周穎童自責地道：「對不起，我不知道……如果不是我提出要換便當的話……」

「沒關係，是我自己的問題，妳不要想太多。」我輕聲阻止她的懺悔。那是我的過去，並不需要不相干的人一起承擔它的重量。

她的視線投向被暫時擱在賴毅森桌上的罪魁禍首，不知如何是好。

對我來說，大不了就是中午不吃，或將韭菜花挖掉，只是這麼做的話，周穎童心裡應該無法釋懷吧。

後來，目睹所有過程的韓尚淵率先打破了沉默。

「我的跟她交換吧，我還沒動過，裡面沒有那樣菜。」他將自己的便當盒遞給賴毅森，而不是給我，可能是擔心裡面又有我碰不了的地雷食物，想讓賴毅森先檢查。

賴毅森從善如流地將兩個便當對調後，果眞將韓尚淵的飯盒打開來確認了下，才鬆口氣交給我，「這個沒問題。」

我順從接下，餘光瞥見周穎童如釋重負的模樣，不禁放下心來。換個便當卻造成騷動，我相當不好意思，等大家都回座後，我轉頭和韓尚淵道謝，幸好有他幫忙，才化解了剩下的尷尬。

「小事而已。」他注視我的眼神隱含一絲探究，但最終什麼也沒問出口，而是催促道：「快吃飯吧，否則晚點又會有人因爲一些雞毛蒜皮的問題來吵妳。」

坐在我後方，看多了凡事問班長、連値日生該做什麼都要來請教我的同學，也難怪他會這麼說。

打開便當盒，裡頭都是相當常見的菜色，我輕呼出一口氣，拿起筷子開始緩慢地進食。

不過最終，由於心情低落導致胃口不佳，整個便當我也沒能吃掉一半。

如影隨形的往日傷痕，即使拋棄了單純和天眞，卻仍舊無法痊癒。

第四章　寒露

中秋過後，時序進入十月。

校方開始為兩個多月後的校慶做準備，而我們首先收到的消息，便是這次校慶會延續多年來的傳統——高一、高二學生將在開幕典禮時，共同跳一支慶祝舞蹈，曲目挑選和編舞由學生會負責，年年創新。

選好曲目、編好舞之後，校慶之前的每回朝會，我們都得練習，十二月初會進行最終驗收，萬一有哪個班級跳得太差勁，午休時間便會被召喚到活動中心加強練習。

其實這些都不重要，重要的是這支舞蹈，是男女組合的雙人舞。

高一時我當然也跳過，不過當時的舞伴採隨機抽籤，抽到我的恰巧是和我同一社團、稍微有些熟識的男同學，他後來還接任了社長。他的態度大方，於是我也不怎麼彆扭，彼此間配合良好，學習舞蹈動作的速度非常快，因此輕鬆就過了這關。

然而今年，班導卻要我們自己挑選舞伴。

「決定好搭檔後，就向活動股長登記，後天要確定名單。我們班女生多，可以有幾個組合是女生兩兩一起，可是別因為這樣就讓男生落單啊！假如被我發現男生落單，就由老師親自幫你們指定舞伴了。」

班導在早自習時，簡單扼要宣布完畢，拍板定案，他手裡只差一支木槌就能直接往講桌上「匡匡」敲兩下了。

班上頓時哀鴻遍野。畢竟舞伴若是用抽的，除了可以省掉詢問、邀請這一步，還能避免自己落單的尷尬，如果雙方配合得不好，甚至可以推託是運氣背，抽錯了舞伴，可若是自己找搭檔，屆時有什麼問題就都得怪自己了。

「喂喂喂，你們在哭什麼！我可是每個中午都要去練舞，好當示範組回來教你們耶！不能睡午覺還得被操，該叫的人是我才對吧！」身爲活動股長的韓佳音站起身來忿忿不平地說。

大家都見慣了她平時嘻嘻哈哈的模樣，此時非但沒安慰她，部分人還鼓譟地大喊期待她的舞姿。

當眾人的目光都集中在韓佳音身上時，我悄悄瞄了賴毅森一眼，他也同樣在拍手起鬨，根本沒有爲尋找舞伴一事煩惱的跡象。

他肯定想邀請周穎童吧，毫無疑問。這段時間以來，他們越走越近，下課也經常在一起聊天說笑，班上某些同學已經看出端倪，甚至有女生偷偷向我打聽賴毅森跟周穎童是不是在交往，因爲我和他們兩人關係最好。

關係最好？我聽了只想苦笑，喉嚨深處盡是澀意。

座位離他們這麼近，偶爾他們對話時還會將我拉進話題，打鬧也從不避諱，要說關係不好的話，的確很難解釋。

「關係好也分成自願跟非自願的啊。」我不禁喃喃。

我想，向來貼心的周穎童也許會因爲顧慮我的舞伴問題，而不敢應下賴毅森的邀約，至於賴毅森，若是卡在兩個選擇之間，也會感到無所適從吧。

下一秒，肩頭忽然被人輕點了兩下，我微微一愣，回頭望向韓尙淵。

他半個身子伏在桌面，將右手半圈在嘴邊低聲問：「妳缺搭檔嗎，班長？」

一下喊全名，一下喊班長，我實在不懂這兩個稱呼的使用區別在哪。

聽出言下之意，我訝異反問：「你不打算跟佳音一組嗎？」

他們是堂兄妹，因此我理所當然地將他們兩人劃爲搭檔，況且韓尙淵和韓佳音平日裡就常動手動腳，跳舞這類的肢體接觸應該更容易些。

「包子？我不嫌棄她，她還嫌棄我。」韓尙淵撇嘴，停頓片刻，又正經八百地補充：「再說，我很珍惜我的午休時間。」

我認爲最後一句話，恐怕才是重點。

「可以是可以，但……你眞的不先問問佳音嗎？」萬一韓佳音其實想成爲他的搭檔，那該怎麼辦？

「妳不信？」韓尙淵挑眉，胸有成竹地道：「好，晚點下課過去找她，我當面問給妳聽，如果她拒絕，妳就跟我一組。」

怎麼搞得變成了打賭？我抿唇輕輕頷首，莫名有種誤入賊窟的錯覺，或許是他唇邊揚起的弧度太過勝券在握的緣故吧。

不一會兒，早自習結束，韓尙淵站起身，經過我的桌邊時，朝我使了個眼色，隨即大步往目標前進。

趁著尙未有人找韓佳音登記名單，她仍閒著，韓尙淵拍桌，直截了當問：「包子，妳要當我的舞伴嗎？」

張大嘴、瞪圓眼睛，彷彿聽到什麼不可思議的要求，韓佳音回過神後，比我預想的更加不留情面，「誰要跟你一起跳舞啊！噁心巴拉，趕快走開啦！」

傻眼！我都還沒走到定點呢，結果就出來了。

韓尙淵從容地對我攤手，立刻道：「我剛才跟班長打賭，如果妳答應我，我就輸了，認命跟妳一組，但現在是她賭輸了，所以必須當我的搭檔，登記吧。」

「欸？」大概是覺得自己間接害到了我，韓佳音先是震驚，隨即起身抱住我安慰似地輕拍兩下，「唉，委屈我們姒妍了，眞是把鮮花插在一坨牛糞上，暴殄天物。」

教室內看好戲的人不少，聽見這句形容，頓時笑到沸騰，都快把天花板掀翻過去了。我瞥了韓尙淵一眼，他正端著張準備做叉燒包的表情……希望明天還能看到韓佳音活著出現在班上。

直到這時，我才後知後覺地發現，「找舞伴」這件稍微有些令人困窘和爲難的事，竟被韓尙淵以十分詼諧的方式解決了。不僅我和他能夠順理成章地被登記在名單上，不必擔心事後被追問，連賴毅森跟周穎童都能因此不再顧慮我，得以順利組成搭檔。

隔週朝會，學生會的成員在司令臺上演示了今年的舞蹈動作，挑選曲目是飛兒樂團的〈NeverLand〉，旋律輕快活潑，相當適合帶動氣氛，然而整套動作難度比去年略高一些，舞伴之間也有幾個需要換位的舞步，非常講求雙方的配合。

相反的，要是練熟了，各班能夠跳得整齊，整體來說也會相當好看。

看學生會成員跳過一遍後，記憶力算好的我便掌握了幾個在副歌重複的動作，再加上有口令輔助，其他舞步也多多少少記住了些。

接下來是初次練習，各班拉出間隔、排好隊形，我抬眸望向站在對面的韓尚淵，他似乎還處在和周公藕斷絲連的狀態，也不曉得稍早有沒有睜眼看臺上的教學，害我忽然對雙方的合作抱持憂慮，擔心他跟不上進度。

但等音樂開始之後，我就發現我多慮了。

他記得的舞步居然比我還多！即使忘了，瞄一眼臺上就能迅速調整過來，且難得的是拍子對得極準，換位踩點絲毫不亂，到最後反而是我被帶動，甚至忽略了第一次牽手的羞赧，光顧著配合他了。

音樂結束之後，我驚訝地拉住他的手，「你大部分都記起來了？」

「……喔，大致上，妳不也是嗎？」他的視線輕飄飄溜過我們彼此交握的手，轉而注視著我，眼底有絲異樣的情緒一閃而逝。「還好不會太難。」

我以為他很介意，連忙鬆開手，將雙手背到身後，嘴上繼續說道：「這比去年的還難吧，但我去年好像沒看過你跳舞？可能你當時離我太遠了。」

「是挺遠的，我在排頭，妳在排尾。」

我沒想到他居然記得去年跳舞的位置。

聽見臺上宣布還要練第二次，他伸手拉了我一把，我們互換站位。

「也不用看，就隨便跳跳，還過得去而已。」

移動時，我盯著腳下不太平整的草地，「所以你現在也是隨便跳跳嗎？」

隨便跳跳就這樣，那得多有天賦啊。

「當然不是。」

聽見音樂前奏，我抬頭的同時，韓尚淵也牽起我的手。

「今年如果不認真點的話，感覺妳會很焦慮，讓我想想……應該會暗自煩惱『怎麼辦，他會不會拖累進度』之類的吧？」

「我才沒有想過拖累，只是怕你跟不上——」話還沒說完，我便咬住嘴唇，恨自己的口比腦快。

他將我拉至面前，戲謔道：「那現在是妳要跟不上我了，班長。」

聚焦在他的雙眸，這一剎那，我感覺自己的心跳似乎暫停了，不知怎麼地，那句話竟在我腦海中迴盪不止，每個抑揚頓挫，以及他透著愉悅的口吻，都無比清晰。

沒想到，我後來眞的沒跟上節拍，還踩到他的腳，整個人糗得無地自容。

朝會結束回教室的途中，我們並肩走在一塊，周遭是熙攘的人流，但我仍舊一眼認出了走在前方不遠處的賴毅森，以及在他身旁的周穎童。

他們挨得極近，隨後周穎童忽然拉住他的手臂，露出她偶爾也會對我展現的撒嬌表情，不知道說了些什麼，讓賴毅森憋著笑對她搖頭，可她再接再厲，偏著頭無聲眨眼，賴毅森很快就舉手投降了，啼笑皆非地連聲應好。

那種討人喜歡的能力，我這輩子恐怕都學不會。

「果然比不上啊。」我雙手交握，自言自語地感嘆。

或許是聽見了些細碎的聲音，韓尙淵微微側頭覷了我一眼，而我故作若無其事，自然地繼續前行，彷彿前一刻的自己什麼也沒說過。

「發生過那件事後，我大約明白妳爲什麼會喜歡他了。」他驀地開口，「假如遇上同樣的情況，我想我也很難不動搖。」

聽見這段天外飛來一筆，我立刻抓住他的衣襬，豎起手指比了個「噓」。哪有人在公開場所無預警說出這種話的，是在考驗我的心臟嗎？

他的神情很平淡，大概認爲我太大驚小怪了。

也是，現場這麼嘈雜，連想分辨身邊的人在講什麼都得格外注意，哪有空留意其他聲音？

我收回手。

「你指的是哪件事？」話音甫落，我便自己想出了答案，說出口時仍略帶遲疑，「……補課那天的事嗎？」

韓尙淵並未正面回覆，只是逕自說著：「有個人陪著妳長大，了解也理解妳的過去跟祕密，當妳遇到困難的時候，他會在第一時間衝到妳身邊，且毫不在意旁人的眼光。久而久之，就只想永遠待在他身邊了吧，因爲那個位置對妳而言，是最安心和安穩的地方。」

聽他如此直接地描述我的心境，我道不清心中是何種滋味，雖然大致上說得沒錯，但還是太少了。十多年的依戀，不僅僅是衍生自賴毅森對我的幫助。

我低下頭，沉默不語，而韓尙淵也體恤地不再出聲打擾。

下午的體育課，班上要進行大隊接力選手的選拔，所有人都得分批接受一百公尺短跑的測驗。社會組女生棒次較多，速度上無法和男生多的自然組相提並論，因此高二、高三的社會組和自然組會分開比賽，這是學校經過討論後定案的，也是多年來的慣例。

無論接不接受測試，我都很清楚自己會是大隊接力的選手之一，畢竟我的跑速不慢，差別只在於每年棒次的不同。

我將束著半馬尾的髮圈解下，重新綁上馬尾，輕輕甩了甩頭，確定髮圈不會鬆脫後，才緩步走向跑道的起點。

按照座號，我排在女生第二輪測驗，第一輪的人已經準備就緒，周穎童在最後一道。隨著終點處的紅旗被舉高，她彎下身，蓄勢待發。

印象中她去年也在大隊接力的名單內，可惜我忘了棒次，只能確定不在第一棒和最後一棒，以及我的前後棒次。

紅旗揮下，第一組起跑。

周穎童的速度與其他人相比較爲普通，越過終點線時是第四名，不過這一組人的速度都偏快，若她的秒數短，還是有機會被選進名單內。

見記錄完成績的體育老師再度舉起紅旗，第二輪的我們很快就位。

下一秒，賴毅森在終點處響徹雲霄的喊聲傳來，連體育老師都忍不住側目。

「梁姒妍！」他伸手指著我，「不——准——偷——懶——聽——見——沒——有——」

老實說我覺得很丟臉，大概全世界的人都覺得我原本打算偷懶了。同組的女生們紛紛竊笑，無奈我又不敢像韓佳音那樣大叫著要他閉嘴。

我重重呼出一口氣。

好吧，認眞跑就認眞跑，這不是什麼過分的要求，只要賴毅森能好好站在終點線，我這一趟也就有了方向。

盯住紅旗，在它被大力揮下的瞬間，我邁開腳步往前衝刺。

身旁的景物快速掠過，餘光並未瞧見其他人與我平行，耳邊也只剩下風聲和不遠處零碎的加油聲。我很久沒有跑得這麼快了，雖說之前也沒有偷懶，可就是無法踏踏實實地用盡全力。

一直以來，我不斷努力、能夠毫無猶豫奔馳的理由，全都是他。

站在終點的他，就是我的光。

踩上終點後，我由於慣性又往前跑了段距離才停下。我按住胸口緩和呼吸，剛轉過身，視野便陡然往下偏，我居然被抱住腰側舉了起來，還來不及驚呼，賴毅森的面孔就映入眼底。

我搭著他的肩，隔半晌仍擠不出半個字。

「哈哈哈，我就說嘛！這才是我們姒妍把田徑隊隊長氣哭的速度啊！」他滿臉自豪，明明只是簡單的測驗，他卻開心到像我跑贏了決賽。

「你快點放我下去！」反應過來後，我連忙拍他，就怕再拖下去會無法掩飾自己的羞窘，「放開、放開。」

他總算將我放了下來，我倒退兩步，忍不住又上前捶了他一下。明明力道不大，賴毅森卻露出浮誇的吃痛表情，從小看到大，我哪裡還摸不透他的伎倆？

「快去集合，晚點就換你跑了。」我極力讓語調顯得平淡，轉過身，意外發現周穎童站在離我約三步遠的地方。她面上微妙的表情還來不及收斂，便與我對上視線。

片刻後，她才勾起嘴角，然而方才那短暫的遲滯，已讓我感覺到其中的不自然。

我想，我也許能猜到這個遲滯背後的原因。

「妳眞的跑得好快啊！姒妍。」她上前挽住我的手，語氣如常，聽不出任何異樣，「連體育老師都很驚訝的樣子！剛剛聽毅森提到田徑隊隊長……原來妳是田徑社的嗎？社團展覽那天本來要邀妳一起逛攤位的，結果被別班的朋友拉走，就沒邀成。」

聽見她口中親近的二字稱呼，我不著痕跡垂眸，「不是，我是文學社的，有點冷門，而且他說的是小學六年級的事，已經過去很久了。」

「文學……跟寫作有關的社團嗎？」周穎童是熱舞社的成員，也不怪她對性質南轅北轍的社團完全不熟悉。

「閱讀相關的社團，社團時間大家基本上都在看書，會定期抽人分享推薦的書籍，每個月要交一篇五百字以上的閱讀心得給指導老師，整體算是個輕鬆的社團。」

周穎童恍然頷首。

邊聊，我們邊離開跑道，站到側邊繼續觀望還在進行中的測驗。有幾名先跑完的女生百無聊賴，在空地練起了朝會時學到的校慶舞蹈。

我分神注意她們的動靜，等我收回目光時，只剩下最後一組男生還沒測驗了。

賴毅森和韓尙淵由於座號靠後的緣故，都被放在最後一輪跑，兩人位在相鄰跑道，賴毅森正在活動手腳，韓尙淵則單手叉腰放鬆地站著。

隨後，賴毅森偏過頭和韓尙淵說了句話，後者停頓兩秒，直接送他一個打算肘擊的手勢，讓下意識抬手阻攔的賴毅森哈哈大笑。

賴毅森去年是一年七班的最後一棒，而韓尙淵是……我們班的最後一棒。

猛然意識到這竟是場雙強對決，我不由自主深吸了口氣。隱隱約約間，我似乎望見韓尙淵朝我的方向投來一眼，正想細瞧，卻被另一側的人擋住了視線。

我蹙眉，試圖踮起腳尖，同時，隔壁女生們的對話也飄入我耳裡。

「我忽然發現，去年傳說中的新生雙帥恰巧都在我們班耶，超神奇的！」

「什麼是新生雙帥？」

「賴毅森跟韓尙淵啊！妳不知道嗎？聽說他們是被籃球社鎖定要招攬的重點新生，這個名號就是剛開學那陣子在流傳的，雖然聽起來有點好笑，不過……人眞的帥。」

「怎麼樣，妳中意啊？哪一個？」

「都不可能啦！賴毅森不是很明顯在跟穎童曖昧嗎？和班長也很熟，然後根據我的觀察，韓尙淵八成是喜歡——」

她話才說一半，便察覺到我探究的眼神，突然噤聲。她們的對話就這麼中斷，害我胸口像是有千萬隻小手在撓，難受得不得了。

這時，記錄好前一組秒數的體育老師舉起紅旗。

緊張感瞬間瀰漫整個操場，圍在跑道邊的同學們全都安靜下來，屏氣凝神地注視著起點那端。

誰會贏呢？

當紅旗揮下的那刻，我也不自覺在心中默問。

男生的速度比女生快，不消多久，領先一小段距離的賴毅森和韓尙淵就已逼近終點線。我拉著周穎童與其他同學一同退後，免得干擾位在最外側跑道的韓尙淵，害他必須慢下來或是發生擦撞。

當兩人從我眼前飛速掠過的時候，好似帶起一陣勁風，將眾人的心緒全都捲向了終點線。從我的角度，只能看到兩人幾乎不相上下、分秒不差地越過終點，從體育老師的方向來看，才能看出最準確的結果。

所有人都目不轉睛盯著體育老師，急性子的韓佳音沒忍住，率先啟口：「誰先啊？」

體育老師微笑著賣了一會兒關子後，才給出解答：「最後一道。」

最後一道……是韓尙淵！

知道自己輸了，賴毅森抱著腦袋胡亂喊了幾聲，跑去對韓尙淵的背施虐，後來不知怎麼地就變成掐他的腰，最後又演變爲雙人互掐，部分女生看得非常歡樂，說回家能多吃三碗飯。

棒次的排序要等體育老師稍加斟酌，下禮拜才會宣布。課後，我找到正在樹下納涼喝水的韓尙淵。瞥見我朝他走去，他略睜大眼，將含在口中的水呑下，像是對我的到來感到訝異。

果然，接著他便脫口問：「沒去安慰妳的小主人嗎？」

我聳肩，「我目前不適合過去找他。」尤其在看到周穎童那樣的神情之後。

韓尙淵似懂非懂地歪著頭，下一秒，他的目光越過我望向後方，「包子在叫妳。」

我回頭，見站在操場的韓佳音正朝我大幅度揮手，她擔心我沒看清楚，還原地跳躍兩下，那動作十分俏皮。

我朝她揮揮手，轉頭對韓尙淵說：「一起走吧，反正都要回教室，還是你想去福利社買飲料？」

「沒有，走吧。」韓尙淵扭上瓶蓋。

「對了，賴毅森在出發前跟你說了什麼？」我實在好奇，「就是讓你想揍他的那一句。」

「那個啊。」韓尙淵失笑，難得翻了個白眼，「他說我這道可以邊跑邊跟站在外面的人擊掌，有夠白痴。」

「……是蠻白痴的。」的確是賴毅森會說出的笨蛋話。

「嗯，但還是有人喜歡白痴。」他涼涼道。

我停下腳步。

等等，他現在是在損我嗎？是損我沒錯吧？

在我出聲表達異議前，韓尙淵就先開口調侃韓佳音：「包子，妳今天跑得挺快……喔，都忘了妳是包子，用滾的當然快。」

韓佳音像顆炸彈，一點就燃，氣得追打他，追不上還跺腳跟我告狀：「姒妍！妳看那個王八蛋都只會欺負我啦，我絕對要跟他斷絕關係！」

「沒關係，看來他已經不需要我幫忙抽卡了。」我低頭瞄了眼自己的手。

腳底抹了油的韓尙淵聞言，迅速溜回來，可惜有韓佳音在旁邊等著，他根本接近不了我，一靠近就被踹。自作孽不可活，能怪誰？

「班長，我們有話好說。」他放低姿態，嘗試換取原諒。

「不好意思，我跟你沒話說。」我瞟他一眼，索性加快了步伐。

此時此刻，我還沒能料想到，即便敏銳洞悉了周穎童心中懷抱的芥蒂，暫時避開了與賴毅森接觸，卻仍無法阻止未來逐漸朝向不可預期的方向發展，導致一切被攤開來時，猶如利刃直指著我，傷得我措手不及。

到了校慶前兩週，歸功於每次朝會的反覆練習，加上各班額外進行排練，我們對〈NeverLand〉的舞步都有了一定的熟悉度。雖說還不到駕輕就熟，偶爾依然會搶拍或是記錯舞步，不過已經能完整地跳完一整首歌了。

除此之外，接力賽的棒次也定案了，我被安排在女生最後一棒，第一棒則是秒數排在女生第二的韓佳音，周穎童很可惜地未能入列；至於男生部分，第一棒是賴毅森，速度最快的韓尙淵理所當然被排在最後一棒。

這個安排讓我跑出了最快的速度，經過幾次練習以及和其他班的切磋，我更加確信了這點。

而在那幾次練習中，我還意外地遇見了「故人」。

等候傳接棒時，站在隔壁跑道的高挑女生突然啟口：「妳是梁姒妍吧？」

忽然被叫了全名，我微微一愣，目光從跑道遠端收回，簡單打量了她幾眼後點點頭，「請問妳是……」

「妳居然不記得我！」她深深皺眉，表情就像我做了件十惡不赦的壞事。

咦，難道我們認識嗎？

由於即將接棒，我只能匆匆說了句「抱歉」，接著便開始助跑，隨後接下同學遞來的棒子，飛速向前奔馳。

順利將接力棒交給賴毅森後，我緩下步伐。沒過幾秒，隔壁跑道的女生也交出了棒子。我有些驚訝，因爲我方才是全力衝刺的，這表示她縮短了兩個班級原本拉開的差距，她跑得比我更快！

她留意到我的眼神，勾起唇角，又問：「妳有報名一百公尺嗎？」

「一百公尺賽跑嗎？」我緩緩搖頭，「沒有。」

「爲什麼沒有？」她又蹙眉，朝我逼近，居高臨下的壓迫讓我感覺不太舒服。

「沒有爲什麼……自願參加的優先。」我退後一步，將原先想問的話都嚥回了肚子裡，不想再和她有所接觸。

我迅速扔下第二次的「抱歉」，欲旋身離開，孰料她卻在我身後吼道「妳眞的很討厭」，還破音。

這聲大吼，讓附近兩個班級的學生紛紛看過來，偏偏她在吼完之後轉頭就跑，眾目睽睽之下，我完全不曉得該怎麼辦，尷尬到想掘地自埋。

最莫名其妙的是，我不知道她是誰呀！要罵我之前，至少讓我知道她是誰吧？害我有種調戲了良家婦女的錯覺。

幾分鐘後，從跑道另一端悠哉晃回來的賴毅森才爲我揭曉了答案。

「她是陳琦啊。」見我滿頭霧水，他又補充：「田徑隊的陳琦！」

「嗯……」我下意識頷首，隔半晌才恍然大悟，「那時候氣哭的田徑隊隊長？」

「沒錯！就是她！」賴毅森在胸前環起雙臂，「如果不是今天友誼賽看到她，我還眞的沒注意到她跟我們同校耶。」

「咳，她說我很討厭。」我忍不住摸摸鼻子，後知後覺地明白我曾對她造成的傷害，「她還在意當年的事嗎？可是已經過了這麼久，況且也不能因爲這樣就公然說我討厭啊，我並不是耍了手段才贏她的。」

「就因爲是堂堂正正之下輸的，才特別不甘心吧。」賴毅森拍拍我的腦袋，寬慰道：「畢竟有些刻骨銘心的事，即使過了很久，還是會在意啊。」

聽著聽著，我不禁陷入沉思，而後來，這句話，也成了少數刻進我心底的話之一。

過了幾天，我發現一件古怪的事——賴毅森居然在躲我。

除了「上學」這段無法避開的時間之外，他都在避免和我單獨相處，就連搭校車時坐在隔壁，他也幾乎都在閉目養神，清醒時則顯得精神不濟、心不在焉，開口的時間極少。

到了放學時間，他往往趁我不注意的時候，溜得不見人影，之後才傳訊息告知我，他不會去K館，或者不一起搭車，讓我不必等他，可以自己先走。

我想我可能做錯了什麼，導致他在生我的氣，可他堅持不說，也不給點線索的話，我要如何猜到呢？偏偏這個難題我還無法對人啟齒，找不到對象討論，唯有獨自苦惱。

某天早晨，我終於受不了，一起走到車站時，我拉住他問：「你到底怎麼了，不能對我明說嗎？」

他垂眸凝望著我，嘴唇蠕動幾下，深深嘆出一口氣。

「對不起，姒妍。」這個開頭令人恐懼。他抬起手來，似乎想揉我的頭髮，然而手卻在半空中停滯，最終倉促收回。「我可能……不，沒事，以後再說吧。對不起，我最近眞的有點累。」

我知道，逼他只會鬧得彼此不愉快，所以我選擇了妥協，而我本就隱隱作痛的心口，在這之後更難受了，像是有異物在裡頭不停翻攪著，並慢慢地發酸腐臭。

這天放學時，我當然還是一個人搭車。

我坐在校車上，望著窗外籃球場上的人群放空時，走道處傳來詢問的聲音：「這裡有人嗎？」

我轉過頭，發現韓尙淵指著我身邊的空位。我愣住片刻，才輕輕搖頭。

待他坐下，我本想將視線移向窗外，然而一向會在校車上睡得不省人事的韓尙淵，今天卻握著手機，兀自出神，令我有些好奇。

看著他發呆了好半晌，我忍不住問：「你今天不睡覺嗎？」

聞言，他眉頭古怪地一挑，反應過來後才輕輕「喔」了聲，「在想事情。」

我點點頭，見他思考得那麼認眞，也不再打擾，繼續面窗神遊。

當校車駛出側門後，他拍拍我，將一瓶他紓壓專用的果汁遞過來，又對我搖了搖他的手機示意。

我接過飲料，很快理解了暗示，將手機從書包中取出來，點開通訊軟體。

校車上較爲安靜，他應該是顧慮到我們的對話會被別人聽見，才改用傳訊息的方式吧。

「妳跟妳的小主人最近吵架了嗎？」他單刀直入地問。

我沒料到他會是第一個來打聽的，老實說，也從沒考慮過要對他吐露這些天的心事。仔細想想，就算今天換成他以外的任何人來問，我都會顧左右而言他地繞過去，只讓自己孤身陷進泥裡。

我不傻，很清楚沒人會眞心想陪我在泥濘中掙扎。

「萬一不小心養成習慣了，就來找我。我不是混蛋，會對神燈精靈負責的。」

隨後，韓尙淵說過的話突然躍進我的腦海，宛如一場暢快洗去陰鬱的雷陣雨，讓我連日以來糾結的思緒，總算能撥雲見日。

萬一，眞的有呢？

我將飲料擱到窗邊的架子上，沉吟了會，才挪動手指觸擊按鍵。

「也不算吧。眞要說的話……我不知道原因。」

收到回訊後，韓尙淵略顯訝異地瞥我一眼，大概是認爲我跟賴毅森都持續這狀態好些日子了，我居然還摸不著頭緒。

「所以是他單方面疏遠妳嗎？」

「嗯。」

「他什麼也沒說？」

「說了一點點，最近很累之類的，不過等於沒說。」

結果，連韓尙淵都揪著頭髮一籌莫展。俗話說「三個臭皮匠，勝過一個諸葛亮」，我們還差一個，難怪生不出半個結論。

但過沒多久，他卻似乎忽然領會了什麼，輕哼了聲，俯首斟酌半晌，抓抓臉，拿起手機開始編寫訊息。

「我沒想聽八卦。」他先傳來一句簡短聲明，方進入重點：「就是……他跟周穎童之間有進展的話，會不會跟妳透露？」

我的雙手頓時一僵，腦海疑似捕捉到一個很重要的線索。我慢慢移動手指，「之前的話應該會，目前據我所知他還在努力中。」

「喔，那應該就不是我想的那樣。」

「你原本猜了什麼？我想知道。」我追問他。

韓尙淵猶豫了好一陣子。

我忍不住伸手扯他的衣袖，他偏頭看我，露出無可奈何的表情，接著收回目光打字，「是不是周穎童介意他跟妳太親近，提了幾句，他才這樣的？不過我不太了解周穎童的個性，在我的認知裡，兩個人還沒確立關係，應該不至於這麼要求對方。」

「假如……他沒告訴我呢？」下一秒，這話便脫口而出。

假如他們在一起了，賴毅森卻沒告訴我呢？我爲何確信他一定會跟我報告所有消息，我本來就不是他的誰。

想通的同時，彷彿有什麼在我腦中炸開了，我的理智破碎成片，完全無法冷靜思考，體內溫熱的血液好似在轉瞬間被抽光，令我如墜冰窖。

我用無力的雙手按住放在書包上的手機，只想將自己與現實切割開來。

明明每天提醒自己，這一天遲早都會到來，可眞的來臨時，我才明白自己並沒有做好任何的心理準備，唯有想否認的念頭肆意膨脹。

旋即，韓尚淵握住我的手腕，那力道不至於讓我疼痛，卻能迫使我拉回注意力。

我茫然地望著他，雖然思緒依舊混亂，但方才遏止不了的倉皇漸漸趨於緩和，身體也慢慢回暖。我費力地深呼吸，讓自己的耳朵能夠重新接收到外界的聲音。

然後，我聽見他輕聲說道：「梁姒妍，這些都還只是猜測。」

間隔良久，我才朝他點了點頭。

他下車的車站就快到了，而我依稀從他的神情中讀到一絲焦慮。

校車於幾分鐘後靠站，韓尚淵鬆開我的手，低聲叮嚀：「還沒確定以前，不要自己拚命亂想，多想無益。」

爲使他安心，我安靜地再度頷首，可他起身離開之前，表情並沒有放鬆多少，甚至隱隱約約透著自責。

大概在後悔自己將那個猜想說出來吧。

我知道，我當然知道亂想得出的結果，可能會嚴重偏離事實，也可能會誤會對我來說十分重要的友人，所以我希望能在恢復思考能力後，找出證據，駁斥這個荒謬的推論；然而，我卻錯愕地發覺，周穎童和賴毅森在這段期間，一次都沒有在我面前如同之前那般自然地笑鬧過。

如果，真相就是如此簡單呢？

試圖自我欺騙，但現實總有讓我們說服不了自己的時候。

第五章　小雪

當晚，我試圖傳訊息給賴毅森，想問清楚一切，可惜文字打了又刪、刪了又打，最終連半句話都無法傳送出去。

這麼做會不會過於唐突，我又該用哪種立場詢問？太多需要顧慮的因素，讓我在一遍又一遍的遲疑後失去勇氣。

隔天早上，賴毅森誇張地直接戴上耳機，發覺我直盯著他後，竟還乾巴巴地對我笑，眼神亂飄，明顯在逃避與我的對話。

我走在他身後，悄悄嘆了口氣，也不戳破他——他目前的舉動過於極端，等隔段時間緩和了些再問吧，反正我認了。況且，現階段我的心情也不穩定，問出個所以然又能怎麼樣呢？

大概是揣著心事的緣故，班會課練舞時，我特別心不在焉，但舞步已經熟悉到變成身體本能了，連音樂中途暫停再繼續，我都能立刻反應過來，因此並未出錯。

偶爾，我的視線會不經意落到與我相隔一小段距離的賴毅森和周穎童身上。周穎童背對著我，我自然看不見她的模樣，而賴毅森的神情往往相當專注，眼角眉梢盡是小心翼翼的溫柔，看著看著，我的眼角竟有些酸澀。

我可能眞的快要失去他了，即便我從來不曾眞正擁有過。

「妳在看哪裡呢？」

感覺到一陣拉扯的力道，我被動往前一步，驚覺這舞步是錯的，卻來不及收回了。我抬起頭，發現韓尚淵也跟著停了下來，眼神透著無奈。他就這麼牽著我的手，遲遲沒有跟上節拍，彷彿被按下暫停鍵，讓我也愣著不知所措，旁邊的人都開始行注目禮了。

直到進入副歌，他才總算恢復動作，換位之際，彼此錯身而過的那刻，他幽幽道出口的話語，清晰地傳入我耳中，令我的心頭莫名一悸。

「妳要看著我才行啊，梁姒妍。」

不是班長，而是梁姒妍。

反覆摸索著，我突然對兩者之間的差異有了些頭緒。

五點多，末節課後，由於賴毅森太晚捎來不用等候的訊息，當我下樓跑到側門時，校車早就已經駛離，候車點空蕩蕩的，附近的籃球場也難得沒半個人，一片蕭瑟之景，只餘被風捲落的枯葉在地面翻滾掙扎。

我緩下腳步，呆站著喘息，目光不由自主跟隨著逐漸滾遠的那片落葉，久久之後，才移動了下肩膀上壓得骨頭生痛的沉重書包，走到籃球場邊的長椅坐下。

錯過校車，就得走到好幾個街區外的公車站搭車，一路從南華三樓跑下來的我暫時沒有力氣了，無論是身體上還是心理上。

讓腦袋放空了好一陣子，我回神後，看向手錶確認時間，十五分鐘就這麼過了。休息得差不多，我背起書包，打算起身走往公車站，卻冷不防被一個尖銳的嗓音叫住。

「梁姒妍！」

我停下動作，轉過頭，映入眼底的是難掩慍怒的侯欣怡，她身邊跟著一位我不認識的女生，表情與她大同小異。

自打分班後我就沒見過侯欣怡了，即使在走廊上遇到，我們也不是會互相打招呼的交情，興許我未曾留意過她的身影吧。

我骨子裡並不屬於包容力強大的人，直到現在，依然介意她私下對周穎童說過我的壞話。

因此面對她，我並未起身，只冷冷詢問：「有什麼事嗎？」

她踩著重重的步伐逼近，說出的話卻教我一頭霧水，「妳可不可以別那麼不要臉？賴毅森應該已經叫妳先走了吧，妳居然還坐在這裡等！」

那天被罵討厭，今天被罵不要臉，難道我最近流年不利嗎？該安太歲了。

不過，「賴毅森應該已經叫妳先走了」這句話吸引了我的注意，除非偷看過我或賴毅森的手機，否則她如何得知這個消息？連同班同學都只知道我放學後會固定等他一起走，不曉得賴毅森有事時會用傳訊息的方式讓我先離開。

「妳誤會了，我沒有打算坐在這裡等，我是因為……」才剛心平氣和地開口，還沒解釋完又被打斷。

「我們在那裡練舞，看妳在這一坐就是十幾分鐘，妳有什麼好狡辯的？」她朝活動中心門口的方向指了指。原來如此，我正疑惑她是從哪裡偷窺我的。

「狡辯？」我為何要對她狡辯？真可笑。

「做過的事說沒做，不是狡辯是什麼？」她端出一副理直氣壯的態度。

我站起身來。面對不可理喻的傢伙，我向來很冷靜，「第一，我坐在這裡不是想等賴毅森，妳搞錯了；第二，就算我要在這裡坐上一整個下午等人，那也跟妳無關。謝謝關心，我先走了。」

語畢，也不等她回答，我準備揚長而去。

沒隔幾秒，我便聽見後方由遠而近的急促腳步聲，警覺回頭，發現有隻手朝我推來，我迅速攫住它往反方向折。侯欣怡痛得尖叫，一旁的女生察覺情況不對，想上來助陣。我見狀，刻意拿捏著侯欣怡，將她當成盾牌，讓她氣得跳腳。

當我平時文文靜靜的就等於好欺負嗎？門都沒有。

場面正火爆，不遠處陡然傳來一聲熟悉的大喊：「都住手！」

我偏頭望去，腰上綁著一件薄外套的周穎童快步跑來，衣料隨著她的步伐上下翻飛。她在我們附近停下，將手撐在膝蓋上喘氣，片刻後，才站起身，滿臉不可思議地看著我們。

繼她之後，又有一位女生匆匆跑近，拉著周穎童的手臂，似乎想帶她離開，卻被她不客氣地甩掉。

「到底發生什麼事，妳們在……打架嗎？」她揚起聲調，雙眸睜圓。

這時的我，無法判斷整件事背後有沒有她的指使。

侯欣怡哭喪著臉躲到她背後，也不管自己的個子比人家高，還惡人先告狀：「梁姒妍快把我的手折斷了，超痛！妳看我的手，都紅起來了。」

周穎童看也不看裝無辜的她，固執地盯著我。我只得出聲：「現在流行做賊的喊抓賊嗎？」

「姒妍絕對不可能無緣無故動手，妳們對她做了什麼？」她毫無懷疑相信了我，質問的視線拋向侯欣怡。

老實說，能得她如此信任，我的心情十分複雜。

侯欣怡癟著嘴不肯誠實以告，周穎童並未催促，就這麼耐心地凝視著她，周身還隱約有股威壓。

侯欣怡終究還是敗下陣來，揪著頭髮發洩似地大叫一聲。

「還不是因爲她霸占賴毅森！」她用力跺腳，接下來說出的話令我如遭雷擊，險些反應不過來，「妳遲遲不敢回覆賴毅森的告白，沒辦法跟他交往，全都是梁姒妍害的吧！」

周穎童聞言，仰天露出不敢置信的神情，「什麼跟什……然後呢？」

侯欣怡大約嗅到了好友對她自作主張的瞋怒，音量漸次縮小，「就叫賴毅森離她遠一點啊！誰知道她還想死纏爛打。」

周穎童按著額頭，我站在一旁都能對她的頭痛感同身受。

良久之後，她長嘆一聲，「妳們究竟都背著我在幹麼啊？」

「我們是想幫妳啊……」侯欣怡自覺委屈。

「我根本沒有要求過妳們幫我這種忙！」周穎童厲聲大吼，把幾名朋友都嚇了一跳，連我心裡也跟著抖了下。失控過後，她閉起眼調整了下呼吸，收斂情緒，又隔一會兒，才淡淡道：「剩下的就讓我自己處理，可以嗎？」

侯欣怡與其他兩人面面相覷，明白周穎童是眞的生氣了，也沒敢再回嘴，紛紛點頭。離開前，侯欣怡還不忘瞪我一眼，見我連眉頭都沒皺一下，明顯無視她後，便氣沖沖地走了。

周穎童抬眼對上我的目光，或許是發現我的臉上沒有半分情緒波動，她似乎微微一愣，繼而抿住雙唇。我想，她大概很少碰到我這種類型的人吧。

忽然間，她低下頭，連上半身都跟著微彎，「眞的非常抱歉，姒妍。」

我連忙抵住她的雙肩阻止，「妳根本就被蒙在鼓裡，用不著幫她們攬錯。」

接受了我遞的臺階，她順勢起身，問：「妳願意跟我聊聊嗎？」

有些話，我跟她之間勢必得說清楚講明白，該來的躲不掉，況且我卡在原地太久了，雖然不是急著想逃，但感覺總有一天會就這麼窒息吧。

「……好。」

「毅森跟我告白了。」

就算已從侯欣怡口中聽說，但當事實由周穎童再一次傳達時，我仍感到思緒在逐漸崩塌，彷彿有隻手在我胸口用力拉扯，我想揮開它，卻又不得其法。

「上禮拜聯合社聚那天，可能是被其他人慫恿，回程他陪我去搭車的時候忽然就說了……剛剛妳看到的那些人也都在場。」她和我一起坐在長椅上，邊把玩著自己的手指邊細聲道：「當下我根本沒有思考的空間，也不想迎合其他人的期待倉促接受，就請他讓我考慮幾天，想好了再給他答案。」

難怪最近他們的互動突然變得沒那麼熱絡，看來不是想迴避我，而是處在關係尚未確立的尷尬期——周穎童暫且退了一步，想看清楚自己的心。

面對感情，她比我想像中的還要認真和謹慎，並沒有一味沉溺在曖昧的美好氛圍裡，遺忘了其他現實因素的干擾和催化。

「所以直到現在，妳都還沒想好嗎？」賴毅森沒能在當下收到答覆，等著等著就過了一個禮拜，我想，他此刻一定非常焦慮。

她緩緩頷首，微扯了下嘴角。

「可能是我太不乾脆了吧，其他人才會把矛頭指向妳，覺得我是因爲顧慮妳，才變成膽小鬼。」話音甫落，她倏然抬眸，語氣變得急迫，似乎打算將心裡話一鼓作氣全說出來：「我知道妳和他從小一起長大，十多年的光陰，你們對彼此來說肯定都很重要，誰也無法取代，有些在外人眼裡，看來像是情侶一樣的舉動，對你們來說可能都……」

說到這裡，她忽然噤聲，目不轉睛地望著我，像是發覺自己犯了個很大的錯誤，而沒辦法繼續說下去。

可能都沒什麼，是嗎？

其實不是的。應該說，認爲沒什麼的，從來就只有賴毅森一個人。

我那麼喜歡他，怎麼可能不在乎他親暱的舉止？我努力表現得稀鬆平常，甚至無奈接受，就是爲了不讓他有機會察覺我的在意。我深怕他一旦察覺，就會選擇跟我保持距離，而我就無法再進一步鞏固自己特殊的地位。

要說是耍心計我也無可辯駁，然而對他而言，除了習慣我的存在之外，我未曾在他的心湖激起任何漣漪。我不過就是位關係好一點的異性朋友罷了。

下一秒，周穎童握住我的手，「姒妍，我想答應他。」

我雙手微微收緊。就算是如此細微的反應，她也絕對發現了吧，誰教她把我牢牢掌握住了呢？再不願意，也躲不過她的眞誠。

「妳喜歡他嗎？」我不由自主問道。

「嗯。」她十分坦然地承認，「否則我是不會嫉妒妳的吧。」

說得也是，倘若不喜歡，周穎童也不必浪費時間同我談心。賴毅森那個遲鈍的笨蛋，知道有兩個女孩子在這裡爲他苦惱嗎？

周穎童呼出一口長氣，又接著道：「說實話，我並不是完全不介意他跟妳親近。我也會感到失落，覺得心裡不舒服，但如果決定跟他交往，我想，我就必須對妳抱持寬容的心態啊，畢竟妳對他那麼重要。」

她太過明理和溫柔，簡直和賴毅森同樣狡猾。她大可選擇什麼都不說，默默隱忍，直到受不了才任其爆發，屆時我便會成爲加害者，被推到風口浪尖上，而她只要以被害者的姿態，旁觀群眾對我的指責與謾罵即可。

但是，她沒那麼做，而是決定和我講開，將她的難處悉數告知，縱然有一定機率要承受我的冷嘲熱諷，她也並未逃避。

所以自始至終，我都厭惡不了周穎童，或許心中某個部分，甚至是憧憬她的。

最後，她望著我的眼睛，輕輕地、慢慢地問道：「我可以答應他嗎？」

「……當然。」我的聲音很淺，只怕再多用點力，便會不自覺顫抖，「我本來就不是……讓妳需要問我這種問題的身分。」

語畢，我便發覺周穎童的眸中掠過一絲遺憾，但那遺憾出自什麼理由，當下心緒紛亂、思路一塌糊塗的我，難以辨清。

周穎童離開後，我覺得自己凝聚出來的力氣全都煙消雲散，完全不想從椅子上站起來。管她侯欣怡是不是還在附近偷窺，我愛坐哪就坐哪，坐到隔天都不關她的事。最快從明天……不，也許從晚一點開始，賴毅森就徹底屬於別人了。

那我接下來該待在哪裡呢？不能站在他的身邊，好像連容身之處都一併失去了。恍恍惚惚之際，有雙鞋闖入我固定在水泥地面的視野內，曾經想踩上幾腳的白鞋和熟悉紋路，讓我立刻猜到來人是誰。

目光挪移，我困惑地注視他，究竟是怎麼算準了時機，總在我沮喪的時候出現？一而再、再而三地打破我不願意倚靠其他人的原則，萬一害我不幸養成了新的習慣，莫非他要對我負責嗎？

我莫名想起班上女生們那天在跑道邊討論的八卦。

韓尚淵……大概也有喜歡的對象了吧，可惜那天沒能聽到是誰。

不等我開口，他逕自解釋：「原本想試一下英雄救美，結果完全沒有我出場的份。後來周穎童冒出來，我只好跑去躲。」

這麼個人高馬大的傢伙可以躲去哪？我實在很好奇。

我意興闌珊地靠在長椅的椅背上，「你又是從哪裡看到的？」

韓尚淵自動自發地在旁邊坐下，「我們社的社辦不是在活動中心二樓嗎？今天遊戲出新卡，社長約了有玩的人放學後一起抽，還自掏腰包請喝飲料，我就去湊了一腳。」

我恍然點頭。漫研社的社辦離文學社很近，那排社團教室的對外窗正好面向這裡，若他方才人在漫研社的社辦，的確可能在偶然之下瞧見我被找碴。

「那你抽到了嗎？」我姑且問了句。

「沒，運氣超背。」他聳聳肩，「我這不是來找妳了嗎？」

再背，會比失戀的我運氣更背嗎？我嘆了口氣，直接朝他伸手，反正也需要點別的事情轉換情緒，若湊巧幫他抽到了，我的心情說不定會好一點。

孰料他東摸西摸，卻沒摸出半支手機。

「急著跑來，好像把手機跟書包一起丟在社辦了。」他難得訕然，起身問道：「妳能稍微等我一下嗎？反正我沒打算多待，拿了東西下來就一起去搭車……妳應該也要回家了吧？」

「嗯。」一個念頭閃過腦海，我鬼使神差地道：「我陪你去拿吧。」

韓尚淵聞言，面露狐疑，見我已經自顧自邁開步伐，也就不再多問。

要上活動中心二樓，勢必得經過一樓熱舞社練舞的場地。現在應該是他們的休息時間，現場不見周穎童的人影，侯欣怡則和幾位朋友聚在樓梯口聊天。她脫掉了裝可憐的面具，正在說說笑笑。

留意到我突然出現，侯欣怡滿臉錯愕，嘴都合不攏，回神後大概以為我是來尋釁的，立刻變得橫眉豎目。

「妳怎麼——」她的話還沒說完，就被韓尚淵一句冷淡的「借過」打斷。

韓尙淵走在前面，背向著我，我看不見他的臉，但從侯欣怡楸然變色的反應推斷，他面上掛著的肯定不是什麼太善良的表情。

擋在樓梯口的侯欣怡不敢再出聲，默默往旁邊挪了兩步。

韓尙淵微微回頭對我招手，我連忙跟著拾級而上，掠過侯欣怡身側時，還順道遞給她一個「妳看吧」的眼神。

就說了，我不是在等賴毅森。

雖然間接利用了韓尙淵，對他有些抱歉，不過本來就打著英雄救美旗號的他，應該不至於爲這點小事跟我計較吧？

上了樓，我在教室外的小廣場等候，韓尙淵獨自進去收拾東西。隔不久，裡頭突然起了陣騷動，我望見漫研社社辦的門被打開，有人探頭朝外張望，和我四目相交後，那人立刻大喊了句「眞的有啦」，讓我莫名心生不好的預感。

隨後，韓尙淵拉開門將探出頭的人扯回社辦內，又飛快掩上門板，急匆匆地朝我走來。

我依稀聽到裡頭有人淒厲地喊了句：「韓尙淵你這叛徒！說好的一起魯到畢業呢！」

「誰跟你們說好。」他翻了個白眼咕噥，握住我的手腕道：「快走，被抓到不是鬧著玩的。」

咦？

還沒回神，我就被帶離原位，隨著他一路小跑，直到下了樓跑出活動中心一段距離，才緩下步伐，慢呑呑地往側門方向走。

韓尙淵鬆開我的手，啼笑皆非地道：「我們社團的人都是瘋子，妳不曉得他們喪失理智的時候會做出什麼事。」

「他們誤以爲我是你的女朋友嗎？」跑得喉嚨乾澀，我輕咳兩聲。

韓尙淵的步伐有些遲滯，而後摸了摸鼻子道：「差不多，不用理他們，有些人腦洞太大治不好。」

被社團的朋友誤會無所謂，但他喜歡的對象呢，若被對方誤會了也沒關係嗎？不知怎麼地，我的胸口有些悶脹，大概是思及稍早周穎童說過的話，才會這麼難受吧？萬一韓尙淵的心裡早就有人住著，那我或許不該與他太過親近，否則哪天恐怕會重蹈覆轍。

「那你喜歡的人呢？」我決定單刀直入。

沒料到我會提出這種問題，韓尙淵的雙眸在頃刻間睜圓，即便很快就恢復如初，眞實的反應卻沒逃過我的眼睛。

果然有吧，喜歡的人。

他沒開口，大概在思考該如何回答，我索性直言：「我偶然聽見班上女生在猜你應該有喜歡的對象……如果有的話，你該跟我保持距離才對。」

話音甫落，他便對我露出一副既苦惱又莫可奈何的複雜神情。

難道我說錯了嗎？

「我要瘋了。」他忽然仰頭抹了好幾下臉，那力道我光看都覺得痛。他轉過頭來，正經八百地道：「包子說我理想的妹妹、女友跟老婆都只活在二次元，所以在三次元是找不到對象的，妳懂嗎？」

「……嗯？」我不懂。

「總之妳完全不用煩惱那種事，眞的，完全不用。」他一再強調，反應比我想像中還慌。「哪天我要是終於在三次元找到對象了，會第一個通知妳的。」

我蹙眉，「不是應該先跟對方說嗎？」

「都一樣。」他堅定頷首。

不一樣啊？明明是同齡人，爲什麼我會跟他有代溝呢？

爲了逃避我接二連三的疑問，韓尙淵最後乾脆從書包裡摸出手機，打開手遊APP後塞到我手裡，「抽吧，都給妳抽，也沒剩多少了。」

這款遊戲的介面還蠻好上手的，我用韓尙淵剩餘的代幣換算了下抽獎次數——竟然只剩下一次十抽的機會。他以爲我每次都能創造奇蹟嗎？實在太看得起我。

「我也不求妳抽中新的那張，反正我五星卡還少很多，隨便一張都行，就算沒中也很正常，我習慣了。」他顯然已做好心理建設。

長痛不如短痛，我果斷朝十抽的按鈕戳了下去，反正是他說全給我抽的。

抽卡結果出來得很快，我望著螢幕上依序出現的花俏卡片，片刻後，輕輕地

「啊」了聲。

「怎麼樣？」韓尚淵想看又不敢看，一臉既期待又怕受傷害的模樣。

我抿唇，將手機丟還給他，「你自己確認吧。」

我的反應過於平淡，讓他判斷不出好壞。他捏著手機，隔半晌才總算下定決心去看，接著是久久的靜默，都走到公車站了，他還說不出話來。

我踮著腳關注站牌上方的跑馬燈時，他驀地蹦出一句：「梁姒妍，我好像沒辦法離開妳了。」

心臟一悸，我的腳跟落到地面，明知道那句話和方才抽卡的收穫有關，我回神後還是忍不住回頭瞪他。

為什麼要把簡單的驚嘆說得這麼意味深長？

「妳究竟是怎麼辦到的？」他持續用不可思議的口吻喃喃：「十張裡面有兩張五星，俗稱雙黃蛋，除了新卡之外，另外一張還是我沒有重複的……」

八成是用我的戀愛運換來的吧，前後兩次都是，但我沒有說出口。

即使抽到了兩張五星卡，我的心情好像也沒有好轉。

「公車快來了。」我拍了韓尚淵兩下，示意他別一直盯著手機，否則等等沒上車，我會果斷將他扔在車站。

或許是發覺我變得格外安靜，韓尚淵的視線朝我投來，定格一會兒後，按掉螢幕，將手機放回書包內，後續也不再出聲，就這麼與我並肩站著。

這是個人煙稀少、遠離喧囂的靜謐車站，此時此刻，世界彷彿只剩下我們兩個人沉默佇立。

假如腦海中紛亂的想法也能就此靜音該有多好。

不久後，公車進站，走上車的我們發現後排竟還有一個空著的雙人座。我坐到內側，從書包內取出英文單字本。雖說天色已經轉暗，就著公車內的昏黃燈光念書很傷視力，但這是眼下唯一能讓我分心的方法了。

坐在外側的韓尙淵將頭往後靠在椅背上，舒舒服服地閉上眼睛，必定又想一路睡到下車。我偶爾著實羨慕他到哪都能睡著的優良體質，有什麼煩惱的話，好好睡上一覺，應該就會好多了吧。

公車搖搖晃晃的，我執著地盯著單字本，試圖將上頭同樣彎彎繞繞的字母塞進我的腦中，可惜事與願違。那些文字宛如有自我意識般，總會自己找到通路溜出我的腦袋，同個單字反反覆覆背了幾遍，依然記不住。

心理狀態太糟糕了。

賴毅森連日以來的躲避，再加上稍早和周穎童的對話，都持續干擾著我，層層堆疊的壓力全累積在心頭，我連喘息都倍感艱辛。

爲何要活得這麼壓抑？爲何不能更順從自己一點？

視野開始跟著公車晃晃蕩蕩，變得模糊，我眨了眨眼，有幾滴水珠落在單字本上，暈染了墨跡。我連忙用外套袖子按去水漬，然而眼淚就像擋不住的雨點，醞釀紛墜，漸漸變成了憂鬱的綿綿細雨，纖薄微弱，卻無法中斷。

我死命咬住嘴唇，不想讓自己發出任何聲響，也不敢用力吸鼻子。我倉皇地翻找放在書包裡的面紙，卻只翻出一個用罄的空袋子，這讓我更灰心了。

眼角餘光瞥見鄰座的韓尚淵微微動了下，我擔心被他看見我的狼狽，趕緊轉身面窗；孰料下一秒，溫暖的手掌落在我的髮頂，輕輕拍撫著。這動作像條引線，讓我稍稍緩和的淚水又開始肆無忌憚，還不由自主抽噎。

他嘆了口氣，低聲道：「梁姒妍，妳轉過來。」

我掩住臉搖搖頭，悶聲胡亂回應：「我現在很醜。」而且也不想被同車的其他陌生人看笑話。

「有什麼關係。」他收回手，改用隨身包面紙碰碰我的肩膀，包裝袋發出些許細碎的雜音，「沒有誰一直都光鮮亮麗的，想哭就哭，哭得醜又怎樣？真正在意妳的人才不會管這些。」

我遲疑了老半天，才俯著臉轉正身子，卻依然不願意直視他。他將面紙遞到我眼前，我想拿，他卻迅速收手，使我抬起頭來。

我一眨眼，兩道冰涼滑落，我想我現在的模樣肯定悽慘無比。

「哪裡醜了？」韓尚淵拿起面紙，小心翼翼地擦拭我的眼角和面頰，嗓音沉靜低潤，「明明這麼好看，要是再說自己醜，就換別人要哭了。」

近距離凝視著他專注的神情，我不確定自己的臉是不是紅了，否則溫度怎麼會這麼高呢？連心跳都隨著面上的熱度，在不知不覺間亂了調。

也許，他抹去的不只是眼淚，還有我內心的一丁點悲傷。

之後，我就聽說了賴毅森和周穎童開始正式交往的消息，而班上的同學也很快就發現了，因爲他們會在校園裡牽手，甚至擁抱。

我們高中的校風十分開放，這與校齡較短大概有很大的關係，上至各級行政、教官，下至各科老師，都不會阻止學生們談戀愛，相反地，他們認爲這也是構築青春的一大要素，升學固然重要，卻也不該爲了升學犧牲一切。

而賴毅森對我的迴避態度雖有好轉，不再過於誇張，卻也和以往的親近相差甚遠。畢竟他是有女朋友的人了，做任何事前還是得顧及周穎童。

理智上明白，可感情上並沒有那麼容易釋懷。花十多年喜歡一個人，怎麼可能十多天就放下？我的目光依舊會不由自主追隨他的身影。

我極力表現得平靜、毫無波瀾，卻偶爾仍會接收到同學們關懷的目光。他們似乎認爲我被賴毅森淘汰了，對我有種說不出的同情，除此之外，冷嘲熱諷的也不是沒有，例如侯欣怡和她的幾位好姐妹。

至於韓尙淵，我們之間依然維持著比普通朋友更好上一些的相處模式。我想，等他找到了喜歡的三次元女孩，勢必得比照賴毅森，和我劃清界線，既然如此，目前的距離剛剛好，即便轉身離開也不會太過難受。

結果不知怎麼地，竟傳出了些詭異的說法……

當韓尙淵發覺我面色微妙，試圖旁敲側擊打聽時，我直言道：「有人形容你是我的……工具人。」純粹用來排遣寂寞、討拍求安慰的那種——這些描述太難爲情了，我說不出口。

「胡說八道。」他蹙眉，義正詞嚴，「明明妳才是我的工具人。」

我知道他指的是手遊抽卡的部分，不過，在這句話後面放上我剛剛沒能說出口的註解，我只想說……這還是人話嗎？

韓尙淵見我瞪他一眼後，不明所以地回望。我懶得說明，於是提起放在桌邊的卡式爐，逕自走到教室後方，存放班級雜物的那排置物櫃，打開一個已被提前收拾乾淨的櫃子，調整手中黑色手提箱的角度，打算將它塞進去。

經過班上投票，我們決定在園遊會攤位上賣一些炸物和簡單的氣泡飲品。有一位同學的家長願意製作茶凍並帶來寄賣，扣除材料費後所得的三分之二則捐給班費。

因爲攤位上需要用到卡式爐，因此我和周穎童便決定各自將家裡的卡式爐帶來，借給班上使用，瓦斯罐則由總務股長統一採買。

「妳今天就把這個帶來了？」韓尙淵的聲音從後方傳來。

我往後瞥了眼，他伸長手替我按住櫃門，以免無法固定在開啟狀態的門板一直夾住我的身體，老實說還挺干擾動作的。

「嗯，免得後天出什麼差錯。」我指了指手提箱邊角的凹痕，隨口叨念：「昨天從櫥櫃找出來的時候還不小心摔了一下，幸好只傷到箱子，爐子試過了沒有壞。」

有韓尚淵幫忙，我總算順利將大小與櫃子高度相差無幾的卡式爐箱塞了進去。晚點還得找學藝確認攤位海報進度，以及和總務清點採買品項有沒有問題，最後，則是要和韓佳音對一遍校慶當天所有流程的時間表，以及攤位值班名單。

雖然明天下午學校會提前預演，不過早早做好準備、掌握一切才是我的習慣。

我蹲在置物櫃前陷入了思考，韓尚淵啼笑皆非地說：「班長大人，妳考不考慮換個位置發呆？」

我回過神，連忙從地上跳起來，低下頭，腳步飛快地走回自己座位上。

還來不及尷尬，從教室前方傳來的笑鬧聲，便吸引了我的注意，原來是賴毅森和周穎童正勾著手從前門走進來。

賴毅森手裡提著個圓形的保麗龍盒，乍看是個六吋左右的小蛋糕。當他將蛋糕放到講桌上，旁邊立刻有同學簇擁了上去，催促他打開盒子——果不其然是個奶油蛋糕，上面擺滿了繽紛的水果，中央還插著塊小牌子，上頭寫著生日快樂的英文。

賴毅森的生日在十月初，那他們慶祝的想必是周穎童的生日吧。

講臺上的同學們愉快地唱起生日快樂歌，臺下的人也紛紛拍手合唱，我不一同慶祝似乎說不過去，況且周穎童在班上還是和我交情友好的前幾名，照理說我應該湊到講臺前同樂的。這念頭在腦海中轉了好幾圈，我依然沒能付諸實行。

韓尙淵悄聲問了我一句：「要出去嗎？」

我靠在椅背上，微偏過頭說：「現在離開太突兀了，就像在昭告天下我看不慣他們。他們兩個都是我的朋友，我不能這麼做。」

「妳就是想太多了。」他無奈。

「才不會。」我更無奈，誰教我的個性讓我無法做出不顧及他人的舉動？我也希望自己能任性一回，不過現實教會了我妥協。

然而，堅持坐在位子上的我沒料到，他們的慶祝不僅僅是唱歌、吃蛋糕而已，由於賴毅森和周穎童是貨眞價實的班對，班上同學們開始拍手起鬨，要兩人接吻。

起初，賴毅森有些困窘，周穎童也頻頻搖頭擺手抗拒，但他們哪裡擋得住興奮起來的眾人？同學們直接架著他們面對面，就算退後也會被推回原處。

我不曉得該不該繼續看下去，可目光卻執拗地並未移開。

賴毅森低下頭，捧著周穎童的臉給了她一個很輕很輕的吻。周穎童因害羞而渲染了緋色的側顏很美，令賴毅森看得目不轉睛，班上同學們的歡呼和調侃也未曾停止。

好不容易忍耐著全程觀賞完畢，硬是憋住眼淚的我卻有點想吐，像有什麼無形的重物擠壓著我的胸口和胃，只要再堆上一根稻草，我說不定就會崩潰。

「難道喜歡一個人非得喜歡得這麼辛苦，連對方的喜歡都一併承受嗎？」

我愣怔回首，看見韓尙淵趴在桌面上，若有所思地望著前方講臺。我不確定那句話是不是在問我，又或者，只是他有感而發的自言自語。

如果有天，他在三次元找到了心儀的對象，我希望他能夠不那麼辛苦。看著喜歡的人喜歡別人實在太累了，明知對方的心不在自己身上，卻阻止不了感情的滋長，也抑制不住令人難以承受的酸楚。

韓尚淵，可別做跟我一樣的傻事啊。

你給了我一束陽光，而我希望那溫暖也能停留在你的掌心上。

第六章　大寒

校慶當日，下了校車後，我順路到學務處排隊領取了班旗和班牌，耽擱了點時間，才匆匆趕往教室。

進了教室，我將班旗和班牌暫時安置在布告欄前，才剛走到座位、放下書包，便被叫住。

幾位負責整理攤位的同學已經收拾好物品，似乎正準備下樓。

「班長，我們等等會先過去帳棚布置，妳的卡式爐要順便讓我們帶過去嗎？」

我喘了口氣，點點頭，「好，等我一下。」

我快步走向置物櫃，將櫃門打開，卻發覺裡頭的黑色手提箱不翼而飛，整個櫃子空蕩蕩的，什麼也沒有。

是我記錯櫃子了嗎？我皺起眉，將相鄰的幾個櫃子接連打開，都並未發現我提前帶過來的卡式爐。

照理說不會有人移動它的，我昨天也還確認過，它就在這個置物櫃內。

「不見了嗎？」曾幫忙一起放置卡式爐的韓尙淵見狀，朝我走來，彎腰掃了眼被淨空的置物櫃。

「嗯……好奇怪。」我關上櫃門，揚聲詢問：「有人先拿走我放在櫃子裡的卡式爐嗎？」

「沒有啊！我們只拿自己帶來的東西。」聚在一起的幾名同學回我。

我的視線朝他們拋去，不經意瞧見他們附近的桌上，放了個熟悉的黑色手提箱，而賴毅森碰巧站在桌前，正和另一位男同學低聲說話。

找到卡式爐後，我鬆了口氣，連忙指著箱子示意，「旁邊那個就是我的卡式爐，再麻煩你們了。」

「咦？那是穎童帶來的卡式爐啊。」有人困惑出聲，並轉頭向賴毅森確認，「對吧？」

賴毅森抬眸的那刻，與我四目相交，他的面上閃過一絲不自然，接著竟別開臉迴避我的注視，倉促道：「對啊，這是穎童的，我才剛幫她拿過來。」

不……不對，那明明就是我的卡式爐，要說我能準確認出它的原因，大概得歸功於邊角那個明顯的撞傷痕跡，與我記憶中的完全符合。

如果是周穎童的卡式爐，不可能擁有一模一樣的特徵啊。

或許是賴毅森不小心將她的箱子跟我的搞混了？

我往教室內環顧了一圈，身為副班長的周穎童此刻居然不見人影，導致我找不到人可以詢問。

「姒妍，妳要不要再想想妳把卡式爐放在哪裡？」賴毅森分明是在與我說話，但他的視線卻望向別處。

我總算意識到——他在說謊。

從前他想對我惡作劇時，眼睛也往往不敢直視我，四處亂轉，與現下一個模樣。可是他為什麼要在這個時候捉弄我呢？

「那真的是我帶來的啊。」我很無奈，無論出於何種原因，我都希望他別鬧了。站在我身側、打量了手提箱一陣子的韓尚淵也幫腔道：「那的確是梁姒妍的卡式爐，箱子左上角有凹損吧？她放進置物櫃那天我看得很清楚。」

聽見這番話，賴毅森竟忽然抿唇與我對上目光。

我愣了愣。

為什麼呢？我直覺他是想讓我順著他的話說，將錯就錯，但周穎童應該也帶了卡式爐過來啊，為什麼非得將我的假裝成她的？

除非……她沒帶。

不會吧？難道是周穎童忘了帶卡式爐，賴毅森為了袒護她，打算讓我代為承擔責任嗎？這也太可笑了，無論如何他都不可能做出這種事，怎麼會因為想包庇周穎童就把錯誤轉嫁給……

思緒未停，然而望著他漠然的神情，我的身體卻逐漸發冷。

我帶卡式爐來的那天，除了韓尚淵之外，最有機會注意到的人，就是在校車上坐我隔壁的賴毅森，因為當時我把黑色手提箱放在腳邊，而他也很清楚班上園遊會要使用的器具，會存放在哪裡。

是他刻意拿走箱子，假裝是周穎童帶來的。

發覺我和賴毅森相對無語，其他同學不禁面面相覷。

其實卡式爐是誰的根本不重要！重要的是要賣的品項很多，現場如果缺少一臺爐子，屆時恐怕會來不及準備食物，進而影響銷量。萬一賠本了，同學們多多少少會有微詞。

或許賴毅森認為，即使我承受了一些批評，也會調適得很好，畢竟我一直都將自己塑造成這樣鎮靜的角色，所以他才選擇保護周穎童。

但這不代表我就必須承擔莫須有的指責，他到底把我當成什麼了！

難道連這種不合理的願望……神燈精靈都必須滿足嗎？

「你確定？」我開口，餘光瞥見韓尚淵詫異地望過來，大概是不懂我這麼問的用意。

如果賴毅森後悔了，或輕描淡寫用一句「這是惡作劇」來帶過，我都能當作這件事從未發生，並幫忙一起想辦法。

可是現實，往往事與願違。

「確定。」賴毅森直勾勾地凝睇著我，「姒妍，妳認錯了，不是妳的就不是妳的。」

一句話，被我聽出了兩層涵義。

我覺得頭皮發麻，支撐著雙腿的力量也有些虛浮，要不是在眾目睽睽之下，我或許早已無法筆直地站立。

我還來不及傷心，下一秒，就見韓尚淵居然大步上前，伸手揪住賴毅森的衣領，激起一片驚呼。

賴毅森瞠大雙眼，一直強裝著鎮定的面孔出現裂痕。

我想，韓尚淵應該也猜到了賴毅森這麼做的理由。

「賴毅森——」韓尚淵壓抑的嗓音夾雜著隱忍的怒意，我嗅到一股煙硝味，深怕他接下來會直接動粗，連忙抓住他的手臂阻止。

見韓尚淵看向我的目光透著惱怒，我頻頻搖頭，今天是校慶，絕不能在一大早就給班上製造恐慌，否則這一天就搞砸了！況且，我也不希望他爲了幫我出氣，惹出麻煩。

被我一打岔，加上韓尚淵本身也不是過於衝動的性格，稍稍冷靜後，他便鬆開了手。我順勢擋在他前方，回頭對其他同學說：「麻煩你們先把現有的東西拿到攤位上，剩下的那個卡式爐我會想辦法。」

同學們聞言後皆鬆了口氣，對我點點頭，手腳飛快地收拾東西走人，將空間留給我們三個。

此刻的我，已經不想再跟賴毅森說任何一句話了。

抬眸，見韓尙淵銳利的視線還執著地盯著賴毅森，我嘆了口氣，將他拉離教室，往自然組西祺樓的方向走去。

被迫跟著我繞了一大圈，他悶聲問：「去哪？」

「十三班，有一個人或許可以借我卡式爐。」聽出他語氣的異狀，我放開手，幽幽道：「你別生我的氣。」

他大概以爲，我會攔住他，是因爲我捨不得讓賴毅森挨揍。

空氣被沉默占據了良久，韓尙淵才出聲打破。

「明知道妳在難過，我要怎麼對妳生氣？」壓低音量說罷，他輕輕喟嘆，「我拿妳一點辦法也沒有。」

陡然鼻酸，我深深地吸了一口氣，才得以壓下滿腔的委屈。

無論什麼問題，都等順利過完今天再說。大家爲了校慶準備了這麼久，我畢竟是班長，總不能爲私事鬧得所有人不開心，他們沒義務承擔我的情緒。

循著班牌找到二年十三班，我叫住一位正打算進教室的男生，「不好意思，請問于煥鈞在教室裡嗎？」

對方好奇地打量我幾眼，隨即衝進教室內大喊：「阿鈞欸，妹子外找！」

自然組的男生較多，這一吼，教室裡好幾雙眼睛不約而同望過來，像是要把我看穿。我不禁退後兩步，卻被韓尙淵按住肩膀，他從我後方抬手指向教室前排的位子，「在那裡。」

此時，剛從位子上探出腦袋觀望的于煥鈞也連忙起身。

于煥鈞是少數幾個，即使升上高二後不同班，仍與我有交集的對象。

高一校慶時，他是我的舞伴，高一下我擔任班長時，他是衛生股長，目前則是我所屬文學社的社長。我始終覺得他讀自然組卻留在文學社，是一件很神奇的事。畢竟若是之後升學要準備書審資料，社團經歷也是一個加分項，許多人都會選擇和自己想讀的科系有所關聯的社團，而文學社顯然跟自然組的科系沒什麼關聯。

「姒妍？」于煥鈞快步走到窗邊，揚起笑容，連帶瞄了韓尚淵一眼，「怎麼忽然過來？」

「不好意思，你這麼忙還來打擾。」爲爭取時間，我索性不拐彎抹角了，「我記得你之前說，你把卡式爐帶來學校，放在社團教室，請問今天可以借我用嗎？」

上週他才說冬至的時候剛好有社團課，大家可以拿卡式爐煮湯圓來吃。

見他皺眉抓了抓頭髮，我的心頓時高高懸起，以爲會被拒絕，幸好他接著便說：「可以是可以，不過我現在有點忙，沒辦法跟妳過去社辦耶……」

我鬆了口氣，「沒關係！拜託你借我鑰匙，我自己過去拿就行了。」

「好吧，那妳等我一下。」于煥鈞回到座位上，從書包內取來鑰匙，不等我問，便主動說明：「我把爐子收在歷屆成果冊下面的鐵櫃裡，應該蠻容易找的。鑰匙下禮拜再還我就可以了，這幾天不會用到，不急。」

我收下鑰匙，忍不住低頭道：「謝謝，你眞的幫了我一個大忙。」

「不用客氣啦，反正我也是心血來潮才會早早帶來。」于煥鈞趴在窗臺上，微微瞇起眼睛，突然天外飛來一筆，「原來你們兩個又同班啊？運氣眞好。」

說出後面那一句話時，他看向了韓尙淵，似乎意有所指。我偏過臉，瞧見韓尙淵略挑了挑眉。

我無法從他的神情裡讀出太多情緒，而男生之間的眼神交流我也看不懂，乾脆擱著繼續不懂。

「那我先去社辦拿東西了。」拿完正好可以直接送到班級攤位上。

「好。」于煥鈞揮揮手，不忘叮嚀：「下下次社課妳要發表推薦書單，最近我們再找時間討論一下吧！」

「我知道了。」我點點頭，又補了一句「眞的謝謝你」，才趕緊拉著韓尙淵朝南華樓直奔。

回教室收拾好隨身物品，韓尙淵順手幫忙拿了班旗和班牌，我們又風風火火地下樓，往活動中心跑，校慶尙未開幕，便雙雙滿頭大汗。

值得慶幸的是，我沒有在二年十三班撲空，現在時間還算早，並未耽誤到任何行程，總算還有些事情沒有脫離掌控。

順利在社辦找到卡式爐後，我「咚」一聲，往後坐在地上，打算先讓自己喘息個一分鐘。

韓尙淵將手上的班牌和班旗放到牆邊，也跟著席地而坐，幾秒後淡淡啟口：「之後我去還他鑰匙吧。」

「嗯？」雖納悶，但我只認爲他是佛心來著想做善事。「沒關係，我可以自己拿去還他，就當運動吧。」

他反問：「妳過去那棟樓不尷尬嗎？」

回想起稍早被盯住的恐慌感，我縮了縮脖子，「也沒有那麼誇張……」

他不與我爭辯，轉而道：「那妳要還的時候記得叫上我。」

這好像沒什麼不可以。雖然心裡總覺得怪異，我仍頷首答應了。

休息罷，等我們兩人走進班級攤位的帳棚時，卻發覺氣氛有點不對勁。

韓佳音身爲活動股長，正在指揮同學們整理攤位，見我出現，她急匆匆扔下捲筒大聲公跑來，跑到我面前時猶在喘氣。

我將裝著卡式爐的手提箱舉到她眼前。

韓佳音驚喜地瞪大雙眸，「還眞的借到了？穎童早上連問了好幾個班都借不到耶，妳也太強了吧！」

我沒有說話，只覺得整個人很疲憊。

韓佳音似乎明白我爲何不開心，伸長手摸了摸我的頭髮，「姒妍乖，穎童已經罵過賴毅森了，現在大家都知道是他問都沒問就擅自拿走妳的卡式爐，還硬拗說那不是妳的。」

「她罵過賴毅森？」韓尙淵口吻冰冷，「剛剛的事情難不成跟周穎童無關嗎？」

我扯了他一把，搖頭示意他別先入爲主。

連聽見沒根據的八卦，都會阻止對方繼續說下去的周穎童，不太可能指使賴毅森這麼做，然而在我內心深處，也很不想相信，方才那件事，是賴毅森擅作主張。

韓佳音聳肩，將手圈在嘴邊壓低了音量道：「好像是她跟賴毅森說要出去借卡式爐，請他跟姒妍說一聲，然後就跑走了。大概是太匆忙沒溝通好，賴毅森才搞了後面那一齣，結果現在兩個人在冷戰……呃，應該說是穎童單方面不理賴毅森啦！」

難怪整個帳棚除了韓佳音在吆喝，其他人都不敢發出太大的噪音，原來是本來還相親相愛的班對吵架了。除此之外，班導也不曉得是不是眞的很放心我們，居然直到現在還沒來帳棚監督。

走到帳棚外，我將卡式爐交給正在攤位內擺放器具的同學，低聲叮嚀了幾句這是借來的，請他們小心移動。

正蹲在地上清點物品的周穎童，被細碎交談聲吸引了注意，抬眸觀望，發覺是我後立刻站起身來。

「姒妍……」

沒等她說下去，我就用眼神制止，拍手朝帳棚內喊道：「再十五分鐘就要到操場集合了，大家抓緊時間準備吧！先整理好的到外面空地集合，晚點我會清點人數，有發現誰還沒到的馬上跟我報告。」

帳棚內傳來此起彼落的應答聲。

五分鐘後，班導穿著一身輕便的休閒裝束姍姍來遲，頭上還戴了頂防曬的漁夫帽，配上他一貫笑呵呵的圓臉，顯得有些可愛和滑稽，讓班上略顯緊繃的氣氛緩和不少。

看似迷迷糊糊，實則敏銳的班導隱約察覺了什麼，趁空檔對我招了招手問：「剛才是不是發生什麼事啦？」

我不知該從何說起，更不可能向他抱怨，於是露出一個爲難的表情。

班導見狀，也不再勉強，頷首說了句「辛苦妳了」，便放我回到班級隊伍裡。

開幕典禮期間，站在排頭的我偶爾會分神關心隊伍的情況，可惜視野受到遮擋，看不見較後排的景象，自然無法得知賴毅森和周穎童有無眼神交流或互動。

高三退場後，高一、高二班級散開來準備跳舞，我也回到隊內和韓尙淵相對而立。不知怎麼地，這時的我特別安心，感覺像回到自己的歸處，即便放鬆、示弱也無所謂，反正韓尙淵不會介意，更不會對我的失態感到訝異。

熟悉的輕快旋律、熟悉的舞步，以及熟悉的掌心溫度，也許是受夠了一連串令人沮喪的遭遇，我竟有些貪戀待在他身邊的自在，不願意放開他的手。

然而不經意轉頭，當賴毅森的側顏映入眼底時，他蹙眉抿唇的模樣又在我的心臟扯開一道傷，讓我眞切明白自己並未放下，也難以割捨。

韓尙淵總會遇到自己喜歡的人，而我不能因爲一時的耽溺，就產生想將他拖下水的念頭，否則對他太不公平。

似乎誤會了我眼神的深意，韓尙淵細聲寬慰：「他們那情況不是妳的責任，知道嗎？」

「我知道。」我低下頭，收斂面上的情緒，讓自己表現得如往時那般平靜。

開幕典禮結束後，便是半天的園遊會時間，雖說我抽籤抽在靠近中午時段值班，但我也沒想四處串門逛攤位，索性待在攤位後方的休息區內，若攤位忙不過來了，就上前去幫個忙。

趣味競賽後，輪到我所在的小組值班，和我同組的幾個人陸續回到帳棚。賴毅森和周穎童依舊沒有眼神交集，韓佳音則一邊掙扎，一邊被面色陰沉的韓尙淵拖回來，不曉得方才在外面又對他做了什麼好事。

「姒妍——」韓佳音一見到我就開始告狀，「妳說我眞的很胖嗎？他一直包子、包子喊個不停，搞得大家現在都叫我包子！我明明就不到五十公斤！」

韓尙淵睨了她一眼，「包子不就是虛胖嗎？」

聽見這句話，有些搞不清楚狀況的我「嗯」了聲，讓韓佳音失聲尖叫。

「妳變成韓尙淵養的鸚鵡了嗎？爲什麼要順著他的話說！」韓佳音抓著我的肩膀猛搖。

我被晃得頭昏腦脹，在混亂中將求救的目光拋向韓尙淵。

孰料他竟然火上加油，「不只啊，我還養了豬，那隻豬天天跟我吵架。」

韓佳音瞪大眼睛，追打著他跑出帳棚。我看著他們在短短幾秒鐘內就消失不見，頓時明白爲何這兩人一百公尺能跑得那麼快。

不管他們了。

我走到攤位與上一組交接，周穎童默默來到我身側，整理了下桌面上擺放的炸物紙袋。我皺眉回頭張望，沒找到賴毅森，收回目光時才發現他已經移動到周穎童那邊的攤位外側，以便能夠第一時間接待客人。

不久之後，韓佳音和韓尙淵歸隊，活潑的韓佳音主動攬下了攤位前的工作，還抓著她嘴壞的堂哥幫忙。

外頭有他們三人，我跟周穎童便撤到後方，準備東西跟包裝食物。

起先，我們倆都沒有開口，只專注在自己手上的事情，後來大概是周穎童受不了過於沉悶的氛圍，主動打破沉默。

「對不起，姒妍。」她的嗓音很輕，我卻聽得出她十分自責，像是下一秒就會哭出來，「是我光顧著跟朋友聊天，下車時不小心把裝著卡式爐的箱子留在座位旁邊，又太晚發現，才會導致今天早上的事。」

有些人就是這樣，彷彿是上天的寵兒，明明沒做什麼，別人也會趕著把最好的東西捧到他們面前，煩惱時自會有人介入處理，即使犯錯，也沒人能狠得下心責怪。

意識到自己居然憤世嫉俗了起來，我不禁在心裡苦笑。

見我不願回應，周穎童似乎著急了，又自顧自地說下去：「我本來想，只要在校慶開幕前跟別班借到另一臺就好，結果不但沒成功，還連累妳，連第二臺卡式爐都是妳借回來的……我眞的很……」

「跟賴毅森和好吧。」我打斷她，關掉眼前的卡式爐，注視著她的眼睛直言：「否則就算我不怪你們，大家也會認爲你們是因爲我而吵架的，那跟今天早上的情況又有什麼區別呢？況且我夾在中間也很兩難。」

周穎童睜圓雙眸，似乎不曾考慮到這個層面，表情又更難堪了，「可是這樣對妳太——」

她剛出聲，我便眼尖地瞄到隔壁攤位有兩個女生在打鬧，一屁股撞上我們攤位的備用桌，而那張桌子上放著裝有茶凍的保冷箱。此時保冷箱由於撞擊的力道而往外傾倒，若倒在地上，裡頭的茶凍說不定會掉出來摔壞！

我一個箭步衝過去扶好保冷箱，剛放下心，近處卻傳來周穎童的驚呼聲，我轉過頭，便目睹被絆倒的她正朝地面撲倒。當下我根本來不及多想，迅速邁步伸長手接住她。周穎童整個人的重量壓到我身上，導致我也往後跌，當反應過來時，我們已經在地上摔成一團。

周穎童猶自驚慌，有些語無倫次，「我、我擔心發生什麼事，轉身看的時候布鞋好像勾到椅子……妳、妳還好嗎，姒妍？」

我說不出話。

雖然其他地方有體育服的柔軟布料緩衝，不算太疼，但我的右手手肘卻扎扎實實撞在不平整的粗石地面上，又痛又痠又麻的感覺瞬間蔓延到整隻手臂，我的背上都滲出了冷汗，得極力忍耐才能不叫出聲來。

「怎麼了？沒事吧？」

旋即，透著擔憂的熟悉嗓音傳入耳裡，我抬起頭，下意識啟口回應：「沒事……」

然而緊接著，跑進攤位內部的賴毅森卻只彎身扶起了周穎童，細心察看她身上有無受傷。

我怔怔地坐在地上，凝視著周穎童還有些彆扭地接受他的關心，忽然覺得手肘完全不痛了，又或者是體內的某個部位實在太痛，讓手肘上那一點小小的傷口都可忽略不計。

他不是我的。連一個眼神、一句關懷，都不屬於我。

我好想離開這裡。

「姒妍……梁姒妍？梁姒妍！」

我猛然回神，韓尙淵正蹲在我的前方，韓佳音則站在旁邊緊張兮兮地捏著手指。他們應該是怕我出了什麼事，畢竟我剛才直接當了周穎童的肉墊。

「妳的腳能站得起來嗎？」韓尙淵的神情嚴肅，伸出手來，想讓我借力起身。

我抿起雙唇，用沒傷到的左手背抹了下眼睛，而後按著地面，逕自站起身來。

「我沒什麼問題。你們回去前面吧，快到午餐時間了，會有越來越多人出來買吃的。」

韓尙淵端詳了我半晌，我刻意原地動了動腳表示自己眞的沒有大礙。見攤位外頭聚集的人逐漸多了起來，他這才半信半疑地和韓佳音返回攤位前，只是每隔一會兒便會回頭確認我的狀態，我唯有強撐起精神以防露餡。

「穎童的膝蓋有點擦傷，我帶她去前面的醫療站上個藥，很快就回來。」賴毅森的聲音從旁傳來。

我頭也不抬地頷首，手上繼續機械式地將炸好的薯條分裝進紙袋內，再擱到旁邊的托盤上，待托盤上放滿了紙袋，就可以拿到前方，和空著的托盤交換。

「姒妍，妳可以幫我拿三個茶凍嗎？前面不夠了。」韓佳音回頭喊了一句。

「好。」我連忙放下夾子轉身，孰料才剛蓋上保冷箱的蓋子，回頭便驚覺背後多了一個人。韓尙淵不知何時竟走了過來，臉色相當難看。

「為什麼不說？」他拉起我的右臂，背面有一道自手肘蜿蜒而下的明顯血跡，關節處也仍在冒血。

傷口無預警受到拉扯的我不禁痛呼，險些摔掉手上的茶凍。韓尙淵被我嚇得鬆開了手，趕緊接過我捧著的幾個小茶凍碗，關切道：「很痛嗎？」

「沒有，我只是被你嚇到了。」我將右手藏到身後，迅速調整好神情，「這沒什麼大不了，等換班後再去清理一下就好了，你幫忙把茶凍拿給佳音吧。」

他盯著我好半晌，直到韓佳音不耐地吼了句「韓尚淵你到底在幹麼啦」，才心不甘情不願地扭頭回到前方，嘴裡還嘀咕著：「我眞是……唉。」

我知道他大概又想說，我眞是拿妳沒辦法。

等賴毅森和周穎童回來加入工作，又好不容易熬到換班時，韓尚淵二話不說走來攔住我。他雙手叉在腰際，用不容拒絕的語氣恐嚇道：「妳再不去擦藥包紮，我會扛著妳去，信不信？」

我本來想先回教室休息，等下午大隊接力集合時間到了再下樓，但見他開始捲袖子，本來就沒什麼氣勢的我立刻兵敗如山倒。

我囁嚅道：「你總要讓我先把傷口洗乾淨吧？」

「走。」他抬起下頷偏了偏頭，看來是要我到醫療站附近的洗手檯清洗，省得我又找理由偷跑。

我順從地跟著他到醫療站處理傷口，沒想到整個手肘都被繞上彈性繃帶，讓我有點困擾。我原本不打算讓其他人知道我受傷，這下完全不可能了。

壞事一件接著一件，走著走著，我突然不想回班級攤位了，隨便轉進了個偏僻的樓梯口，往上走幾階，就這麼靠著牆坐下，發起愣來。

韓尚淵站在臺階下方，遲疑著問：「妳這樣，下午的接力賽沒問題嗎？尤其是傳接棒。」

我呼出一口長氣，放任雙眼逐漸失去焦距，「一百公尺，假如盡力跑的話，我只需要不到十三秒的時間。剛剛那一個小時都撐過來了，短短的十三秒又憑什麼不行？」

就用十三秒的時間，來爲這些年的一切畫上句點吧。

然後，就別再繼續抱著無謂的期待了。

「韓尙淵。」我輕喚。

「嗯？」他緩緩走上臺階，在我身旁坐下。

「你要聽我跟我們的事嗎？」我側過臉，訝異自己此刻的語氣竟格外平靜，「這本來一直是我跟他的祕密，但時至今日，我覺得把那些事當成祕密，好像也沒有意義了。」

雖沒有明確說出「我們」是誰，可是我想，韓尙淵一定能夠聽懂。

他沉默了好一陣子，也許是在等我反悔吧！可我沒有，於是他抬手摸了摸我的頭髮，溫聲道：「妳想說的話，我就聽。」

詢問的當下很容易，不過等眞正要開口時，我還是重新在腦海中組織了一番，才能夠比較有條理地將那些過去娓娓道出口。

「有些事發生的時候我年紀太小，也記不太清楚了，但印象中，是在我媽發生事故之後，我才被帶到現在這個家裡，跟我爸還有爺爺住在一起。」將右手攤在一邊，我用左手抱住自己的膝蓋，「我爸當時非常年輕，研究所也還沒畢業……因爲事發突然，我媽跟他分手時好像也沒提過自己懷孕。我爸爲了照顧我，決定休學，到我爺爺的工廠上班。」

幸好我小時候蠻聽話的，若被帶到工廠，爸爸工作時我就乖乖在工廠的辦公室裡看電視或畫畫，偶爾工廠裡的人休息時也會來陪我玩。

「所以妳爸媽沒有結婚？」韓尙淵不解地問了句。

「嗯，而且也還不到那個年紀吧。」我垂下眼簾，「聽說他們分手前大吵了一架，我媽很決絕地把聯絡方式全都換掉……後來我曾經猜想，會不會是我媽發現自己懷孕了，不想拖累我爸，又狠不下心把我拿掉，才故意跟他吵架。以我的年齡推算，我爸媽當年應該都還在念大學。」

但媽媽還是沒能如願陪伴我、看著我長大。

聽說，她是在餐飲店兼職跑外送時，被捲入違規油罐車的輪下。我沒能見到她最後一面，而大人們想必也不會讓年紀小小的我去見。

「我媽過世後，她家裡沒有人肯接手撫養我，相關單位在打聽後，輾轉找到我爸……你別那個表情，我爸跟爺爺都對我很好，剛搬到這個家的時候我的確很不安，可是他們並沒有虧待過我。」發覺韓尙淵的表情變得凝重，我連忙解釋。「而且隔不久我就認識了住在對門的賴毅森，我們正好同年，相處得也很融洽。我爸跟他爸媽一直覺得很神奇，我們好像注定就是要成爲彼此的玩伴，長大之後，也沒有因爲性別不同的隔閡疏遠過對方。」

聞言，韓尙淵勾了勾嘴角，「看你們之前的互動確實是這樣。」

是啊，之前。

「原本一切都還很好，直到爺爺後來被診斷出癌末。爺爺走得太快了，我爸是獨生子，遭逢驟變又要接手爺爺的工廠，一個人忙得焦頭爛額、分身乏術，實在沒辦法了，才會拜託奶奶過來照顧我。」我閉起眼，更用力地抱緊雙膝，「那就是惡夢的開始。」

奶奶是個控制欲非常強烈的人，對生活中的所有事都有嚴格的要求，而爺爺當初似乎就是無法忍受了，才會選擇與她分開，並堅決帶走爸爸。

事隔多年，爸爸以爲她的脾氣已經有所改善，而最初，奶奶在爸爸面前也對我溫柔和藹，所以爸爸才會放心地將我託付給她，埋首投入工廠的事務，常常忙到三更半夜才回家，有時候甚至會住在工廠裡。

奶奶一開始還小心翼翼地與我相處，但在發現我十分乖巧後，她就變了。

她始終期望爸爸能以優秀的成績考進第一學府，可以擁有頂尖的學歷，成爲她炫耀的資本，因此，她對爸爸相當嚴厲。後來爸爸不再受到控制，卻也憑自己的努力達成了這個目標——

結果爲了我這個不曉得從哪冒出來的女兒，他毅然中斷了學業。

奶奶將無法如願的那股怨氣，全出在我的身上。

「她討厭我哭，更討厭我笑，總是批評我沒用，也不准我做任何她不允許的事。讓我站著我就不能坐，腿痠摔倒了那就跪著。吃飯、洗澡、睡覺都有規定好的時間，三餐都要按照她給的量通通吃完，有時很少，有時卻非常多。我常常吃到吐，就算吐出來了還是必須吃掉，而且接下來幾天很可能會挨餓。」我慢慢說著，將那幾年不爲人知的醜陋一片片揭開，「奶奶很精明，這些傷害都是不會出現外在傷口的。我當時年紀小，也不敢把她做的事告訴爸爸。她威脅我要是爸爸知道了，覺得我煩，絕對會把我丟掉，讓我變成沒人要的野小孩。」

話音甫落，韓尚淵便將手伸到我面前，我微微一愣，猶豫了半晌，才鬆開抱在膝上的左手，讓他得以牽住我的手。

對不起。這種時候，就讓我貪心一下，暫時汲取這點溫暖吧。

「我偶爾會被奶奶處罰，被關在大門外，這時，賴毅森就會偷渡一點吃的喝的過來，陪我在門口待著，或乾脆把我拉到他家吃飯，再由他爸媽把我送回來。別人的家務事，他爸媽不好干涉過多，一開始沒有告訴我爸，只能用這種迂迴的方式警告我奶奶別太過分，不過換來的卻是我奶奶的變本加厲。」說到這，我忽然回想起兩個月前換便當的小意外，「偶然之下，她發現我不喜歡韭菜花的味道，在那之後，我的晚餐幾乎就只剩下飯跟韭菜花了。即使挨餓，隔天能吃的依然只有我最害怕的食物，就算勉強吃完，回房間後，我也會把大部分都吐進馬桶裡。」

所以，非菜花才會成爲我的禁忌，讓我光是看到便感到痛苦不堪。

惡性循環之下，我的體重越來越輕，讓爸爸有些緊張，奶奶卻推說我很偏食，這個不吃、那個也不吃，會瘦是理所當然的。

爸爸苦口婆心地拜託我別挑食，多吃點東西，我除了答應之外什麼也不敢說，深怕萬一造成他的困擾，我真的會被拋棄，無家可歸。

「長期營養不良，再加上對『家』感到恐慌，小學三年級的某天放學，跟賴毅森一起搭車回家的路上，我在公車上昏倒了。」至此，惡夢總算迎來終結。「在醫院醒來時，賴毅森的爸媽很生氣地站在隔間外面，不讓率先趕來的奶奶靠近我，而賴毅森就站在我的病床旁邊，一遍又一遍地對我說『不要怕，姒妍，真的已經沒事了，我們會保護妳』。」

沉著臉的韓尚淵忽然若有所思般喃喃：「原來那天是……」

「那天？」我納悶。他是說換便當那時候嗎？

他反應過來後，匆匆帶過，「沒事，我自言自語，妳繼續說吧。」

我仍有些困惑，但韓尚淵顯然不願意多作說明，還故意捏了下我的手，試圖分散注意力。我忍不住睨他，想抽回手，他卻不肯。

現在是誰拿誰沒辦法？莫名其妙。

「……後來我爸衝到醫院，不曉得賴毅森的爸媽跟他說了什麼，他一看到我就抱著我開始哭，不停地道歉。我好像也哭得蠻慘的，一直拜託他不要把我丟掉。」事隔多年，我還依稀能想起自己當時的哭聲。「那天以後，我就沒再見過奶奶了。直到上國中前，我爸每天都會堅持回家陪我吃晚餐，就算工作太忙回不來，也會拜託賴毅森的爸媽把我接過去吃飯。」

「那國中之後？」他好奇。

「慢慢學著自己煮，或者買外食。我爸興致來了也會下廚，可是他煮的飯有夠難吃，比我這個新手還不如。」不誇張，再簡單的菜色到我爸手中都會變成地獄料理。

大概是因爲很少聽見我說出這麼嫌惡的字眼，韓尙淵忍俊不禁。

我望著他，腦海便自然而然冒出他曾經說過的那番話——關於我爲什麼會喜歡賴毅森。

事已至此，我還有什麼不能對他透露的呢？

「你之前說過吧，因爲賴毅森跟我一起長大，他參與了我的過去，知道那些痛苦的祕密，還會在我有困難時立刻趕來，所以我才希望能待在他身邊……這當然是理由之一，我無法否認。」

這之後，停頓良久，我才蓄足了氣力再度啟口。

「除此之外，也因爲他身上擁有我所憧憬的……嚮往可以得到跟辦到的一切，所以我才想近距離守著這樣的他，守著那些美好，就算他一次也沒想過要回頭選擇我……」

那也沒關係？

不，才不是沒關係，從來都不是。

然而我賭不起。假如告訴他我的心意，他說不定就會離我而去。

年復一年，我都在欺騙自己：當朋友吧！就當朋友，這樣才能留住他。或許總有一天他會發現自己也喜歡我，屆時我就能名正言順地成爲他的戀人。

如果、也許、可能、倘若……終究全都沒有實現。

下一秒，我陡然落入一個懷抱之中，那瞬間，所有的思緒像被浪潮沖刷而去，徒留心跳的回音。我睜大眼睛，不明白發生了什麼事，我是正被韓尙淵抱著嗎？他爲什麼要抱我呢？

直到思考能力漸漸回歸，腦袋才一點一滴恢復運作。

呃，是不是我的表情看起來太難過了？還是他判斷光借我一隻手不夠，才乾脆把……整個人都借我了？

不行，總覺得我還是有點混亂。

隨後，韓尙淵忽然靠近我的耳畔，很輕很輕地問道：「梁姒妍，那妳曾經回過頭嗎？」

下午大隊接力集合時，眾人正在暖身，我卻站在草坪上發呆。

「姒妍啊，妳的手眞的沒問題嗎？」韓佳音朝我走來，不放心地再次確認。

我剛回到帳棚那會兒，她哇哇大叫，叫得我以爲自己的手根本斷了，且我當下還處在微恍神的狀態，她誤會我痛到意識不清，一度想讓我退出大隊接力的比賽。

「我眞的可以，而且大隊接力主要是用到腳，手只要傳接棒時注意一點就好了。」我刻意輕鬆道：「再說，現在臨時調動棒次，會天下大亂吧？」

「也是啦。」韓佳音抓了抓頭髮，聽見前方有人叫喚，又連忙邁開腳步，跑了過去。

我轉過身，在不挪動右手的情況下簡單做了些熱身運動，一抬眸，和莫名走到我跟前的賴毅森對上目光。

胸口一窒，我下意識低下頭，明明該閃躲的人並不是我，我卻害怕一旦接觸他的視線，自己又會渴望能多看他一眼、再一眼。

他停留片刻，才低聲探問：「妳的手是跌倒那時傷到的嗎？」

「不是。」我直覺撒了謊，卻反而顯得欲蓋彌彰。

事到如今，關注我又有什麼意義？我已經下定決心要和喜歡他的自己告別。

隔幾秒，賴毅森默默地走了，我按住胸口深吸了口氣，再慢慢吐出，想藉此安撫躁動的心，孰料剛轉移視線，又不經意瞥見了韓尚淵的身影。

他正聆聽著男生們的交談，似乎留意到我的目光，敏銳地挑眉望過來，還揚了揚唇角。我只得裝作若無其事般別開臉，走去和班上的女同學們站在一塊。

那句話，究竟是什麼意思，我又到底該不該多想呢？

很快地，司令臺上的廣播響起，宣布高二社會組的接力賽即將展開。由於傳接點相同，我和韓尚淵跟隨人流走往相同的集合地點，且毫無意外地在那裡看見了陳琦。

與我四目相交後，她先是蹙眉，隨後疑似注意到我右手肘的包紮，又訝異地瞪大眼，張口似乎想問什麼，但礙於距離太遠，便合上嘴作罷。

在依棒次排成縱列前，韓尚淵叫住了我。

「一起加油啊！」他拍拍我的髮頂，半瞇起眼，和煦的笑襯著陽光一齊納入我的眼底。

我不知不覺點了點頭，心跳又開始不受控制地加速。

比賽隨槍響揭開序幕，全場的人都關注著誰能奪得先機。第三棒開始可以搶跑道，尤爲關鍵，各班差距幾乎就是由此逐漸拉開。

藍色的金屬接力棒繞了一圈，當第三棒出現在我的視線範圍內時，我們班排在第四名，但前後差距不算太大，還有機會超越前方的選手。

我反覆地自我鼓勵，即使很久沒跑過女生最後一棒，可是只要按照平常練習的方式跑，就不會有問題，況且下一棒還是賴毅森，他很有實力，應該用不著擔心。

十三秒之內，將棒子交到他的手上，從此以後……梁姒妍，妳就不要再爲了他而盡力奔馳了！我在心中如此告訴自己。

孰料，當接力棒交接給第八棒時，我們班已落到了第五名。

被擴大的差距，反而讓我徹底冷靜了下來。我邁開步伐，隨著其他班的選手走到跑道上準備，安靜地調整呼吸，屏除腦中多餘的雜念。

「妳受傷了嗎？」有些熟悉的嗓音突然響起。

我轉過頭，陳琦正垂眸盯著我的右手。

我沒多解釋自己的傷，只是神情認眞地對她說道：「這一次我會非常努力地跑，陳琦。」

她愣了愣，回神後倏然綻開笑容，驕傲回應：「那我拭目以待。」

陳琦的班級也並非是目前領先的三個班，不過她仍先我一步起跑，和我間隔約三步之差。

我反手接下棒子，奮力緊追在後。等真正跑起來了，才發覺右手的擺動會不停地拉扯傷口，我只能用力咬住下唇，忍住難以忽視的疼痛。

彷彿在重現小六那次比賽的軌跡般，我和陳琦陸續超越原本領先、跑在前方的兩位選手。她俐落切入第一跑道，跟她差距不遠的我則維持在第二跑道，力求與她平行。直線道並沒有距離差，我只要專注地往前衝刺，位在下個傳接點的賴毅森會視情況移動位置接棒。

距傳接點剩二十公尺、十五公尺……當賴毅森的身影在我眼中逐漸清晰，我與陳琦的差距也縮小到一步之內。我賣力地伸長手，無視痛楚，穩穩將接力棒遞到賴毅森的掌心中，盯著他攏緊手掌。沒有問題的，我和陳琦差不多並列第二，只要賴毅森發揮平常的實力，肯定可以……

下一刻，藍色接力棒卻落到了跑道上。

從小到大不曾失誤過的賴毅森，居然掉棒了。

我睜大雙眼，邊移動步伐小跑到草坪上，邊看著他飛快彎身拾起接力棒，再度加速。可惜最後，我們班仍以些微之差位居第四，緊咬著第三名。

和我一同跑到草坪的陳琦感覺比我還錯愕，她剛想出聲，卻被同班的朋友拉走。

而我的心思依然繫在賴毅森身上。

遙望著他在另一側躍進草地，停下腳步呆滯喘息，而後喪氣地抱頭蹲下，我感到一陣心塞，剛想往他的方向踏出步伐，就發覺有個嬌小的人影從加油的群眾之中走向他，跟著蹲低身子，伸手輕輕拍撫著他的背，給予安慰。

是周穎童……看來他們已經和好了啊。

說不上內心是酸澀抑或悵然若失，我旋過身，走到靠近終點線的位置。加油的人潮有些多，我往後找了好一陣子，才找到一個可以擠上前的縫隙，結果發現兩旁居然都是自己班上的同學。

由於方才的失誤，我們目前落後三個班，大家的神情都格外緊張，默不作聲。就快要輪到最後一棒了。

左手不自覺抓緊了衣襬，我瞧見韓尚淵與其他班的選手已經離開草坪，按照目前的排名依次站定。

我感覺全身都隨著心臟的跳動而輕顫。今天已經發生了太多令人難受的事，就算讓我奢求一點希望，也並不過分吧。

腦袋一熱，我吸飽了氣，用比平時大上數倍的音量朝他大喊：「韓尚淵——」

他似乎聽見了，偏頭朝我的方向望過來。我看不清他的面部表情，卻彷彿可以想像出此時此刻他唇角勾起的弧度。

兩旁的同學們全瞠目結舌地瞪著我。我目不斜視、強自鎮定，專心地凝視著即將從遠處奔回終點的他。

倒數第二棒逐一過彎，終於，我們班的藍色接力棒順利傳到了韓尚淵手中。

接著，一場超級華麗的逆轉秀上演了。

幾秒之內，韓尚淵連超二人，跨步朝著差距頗大的第一名選手急起直追，大家都看傻了眼。

猛然意識到有機會奪冠，我身旁的同班同學們都興奮地躁動了起來，大聲呼喊著韓尚淵的姓名，往終點線的方向移動。

我被人潮推擠著向前走，看見韓尚淵已和第一名的選手並列，然而在他衝至終點線那一刻，我的視線卻被從旁竄出的幾名學生遮擋住了。

我屏住氣息，豎起耳朵仔細聆聽最後的成績。拜託，拜託，他都那麼努力了，第一名千萬要是——

「二年二班！」

周遭爆出震撼的歡呼聲，我怔怔地站在原地，呆望著附近的同學們互相擁抱和尖叫，依然覺得恍惚。

第一名是二年二班，我們班確實拿了第一名嗎？

我應該沒有搞錯名次公布的順序吧？

隨後，有個人脫離了人群，舉步朝我而來，原本只是小跑，後來慢慢地加快了速度，然後他張開雙臂，傾身擁住了我。

「韓、韓尙淵……」我猶自愣怔，班上同學們也圍了過來，掌聲、口哨聲，以及調侃的笑聲此起彼落，讓我更加不曉得這情況該如何收尾了。

韓尙淵似乎並不在意。他啟口，並未刻意提高的嗓音，清晰地傳入我耳中，竟蓋過了周邊所有嘈雜的聲響。

他說：「來自三次元的梁姒妍，我聽到妳呼喚我的聲音了。」

假如回過頭，或許妳就會發現，有個人始終爲妳而來。

第七章　驚蟄

隔週週一的早自習，在導師也在場的情況下，賴毅森從座位上起身，爲他想替周穎童掩飾過錯而擅自拿了我的卡式爐這件事，在全班同學訝異的注目下，向我道歉了。

之後，周穎童也做了同樣的舉動，畢竟她如果沒將卡式爐忘在校車上，與之連鎖的一切都不會發生。

我不確定這是不是他們私下討論出來的結果。

眾目睽睽之下，又被夾在兩人之間，我自然無法對他們擺臉色或視若無睹，只得簡單說道：「都過去了，後來也沒出什麼事，沒關係。」

於是，和平落幕。

對其他人而言吧。

我想，這或許是他們商量出來，認爲最有誠意的道歉方式，可我總覺得像被趕鴨子上架，他們所說的每一個字都並未傳達到我的內心。

所以，也無關乎原不原諒。

下課鐘一打，賴毅森和周穎童便低聲交談著離開了教室，而我受不了吵鬧，獨自來到放掃具的後走廊，靠在欄杆上望著下方的操場出神。

才放空一會兒，旁邊便多出一道人影，我偏頭看他，很好奇他怎麼還能淡定地在我附近晃來晃去。

目前，班上同學大多都認爲我們之間有不可告人的關係，連韓佳音在校慶後都忍不住傳訊息問我：「妳跟韓尚淵是怎麼回事啊？你們在一起了嗎？」

怎麼可能。

我還沒完全從暗戀賴毅森的狀態中脫離，對於接受下一段感情毫無心理準備，而韓尚淵也從未把話說明白，只是放任我跟其他同學們胡亂猜測。

他像個沒事人一樣，能睡覺的時候照樣睡他的覺，我眞是由衷敬佩這種強大的心理素質。

「看妳這樣子，應該是不太滿意吧？」他驀地開口。

隔半晌我才反應過來，將視線轉回前方，緩慢地呼出一口長氣。

「什麼滿不滿意的，大家都看見他們跟我說對不起了啊。」我將頭埋進左手臂彎中，悶悶地道：「其實我寧可他們私下和我談談，才可以把一切都講開。直接這樣道歉的話，就好像之後不會再有機會說清楚了。」

雖說校慶當天我無視了周穎童的道歉，也不願意和賴毅森多說一句話，但那是因爲我還在氣頭上，才會如此不近人情。

「也許他們認爲必須先在大家面前給妳一個交代，緩和妳的怨氣，之後私下找妳時，妳比較能平心靜氣地聊？」韓尙淵提出另一種看法。

我對於他拋開成見、幫兩人說話感到意外，用不可思議的眼神上下打量他。

他被我看得啼笑皆非，無奈道：「我是在開解妳，妳怎麼一臉好像我故障了的表情？」

「太明顯了嗎？」我收斂目光，調侃著說：「你那天氣到想打賴毅森，現在卻在引導我往好的方面想，感覺就很矛盾。我還以爲你會順勢說一些他的壞話呢。」

「我一時的情緒，還有妳跟他的交情，這兩者不能相提並論吧。」他一派輕鬆，「我是氣他沒錯，但不代表可以趁著妳搖擺不定，藉此左右妳的想法，那樣太狡猾。而且妳之後如果想通了，說不定會反過來怪我？這種搬石頭砸自己腳的蠢事，我才不做。」

眞是令我更加意外的價値觀。

「那你覺得……」我遲疑半天，才艱難地低聲問：「如果他們沒找我，我該自己找他們嗎？」講到最後，都快變成氣音了，也不曉得韓尙淵能不能聽清楚。

能多少透露些內心的想法，對目前的我而言，已經是很大的進步，換成以前的我，肯定從開始到結束都只是默然傷懷，不被他人察覺這些心情。

韓尙淵靜靜地注視著我，神情中沒有訝異，也沒有取笑的意味。

「梁姒妍，這妳該自己決定。」他伸過手來，我下意識瞇起眼睛，但他只是捋了捋我額前凌亂的瀏海。「人情和自尊，孰輕孰重，妳心裡有一把尺，它會告訴妳該如何選擇，而不是我們這些旁人。」

是啊，很多兩難，心裡早就都有了答案，可我們偏要別人去附和它，才能更加堅信自己是正確的。

我原本想，這幾天先理一理自己的思緒，若賴毅森和周穎童沒有來找我，我便主動找他們好好談談；孰料當天下午，已經許久沒有和我一起搭車回家的賴毅森，竟出現在校車上。

自從那次被侯欣怡找碴，我便不再等他，反正等來的只會是不一起回家的訊息，那我何必呢？校慶過後，我更加堅定了這個想法。

一點一點地，停止那些專爲他而做的付出吧。

賴毅森緩步走來，發覺我身旁的位子已經坐了別人，他微微斂目，步伐不停，就這麼走了過去，往後尋找其他空位。

然而，我高高懸起的心仍舊無法放下。

「妳還有一段車程的時間可以做心理建設。」

我無法從韓尚淵的語氣中，聽出他是不是在幸災樂禍，最好不是，否則之後就靠自己抽五星卡吧！

「別亂說了。」我瞪他一眼，悄聲道：「他可能只是剛好想早點回家。」

「不管是或不是，如果妳需要人聽妳說話，隨時都可以找我。」他靠著椅背，愜意地偏過頭來。

「……大半夜呢？」我故意問，「你不是很珍惜你的睡眠時間嗎？」

「只要妳別一打來就哭，我怕自己意識不清，誤以爲是鬼。」他滿臉正經地說。

這人眞是，就不能好好說話嗎？

雖然有些氣惱他的促狹，然而一想到等韓尙淵下了車，留下我獨自一人面對賴毅森時，我仍不免感到心慌。

我用力抓緊書包的背帶，不斷告誡自己必須冷靜，無論賴毅森究竟有沒有打算和我說明一切，都別反應過度。

隔不久，校車抵達站點，我和賴毅森一前一後走下階梯，前往最近的十字路口等紅綠燈。

過了馬路，我們往前直行一段，接著拐進小巷。

賴毅森始終沉默地走在我的背後，距離三步左右，就是不上前來，也不開口說任何一句話。

最終，家門到了，而我什麼也沒等到。

我在心裡嘆了口氣，正想轉往右側時，冷不防地被賴毅森叫住。

「我有話想跟妳說。」他繞到我面前，背對著晦暗的日光，神色看起來有些陰鬱，讓我莫名感覺本就微冷的空氣又稍稍降了幾度。

「好。」我靠近一步，平靜地仰起臉，「你說，我在聽。」

語畢，隨之而來的卻是一大段空白。我們就這麼站在家門前，被冷風吹了半天。某個瞬間，我的理智忽然被凍裂了，方才在車上的自我勸誡全飛到九霄雲外。

「賴毅森，難道你是要我用心電感應的嗎？」怒極反笑，我的口吻陡然鋒利。

被我用語刀戳了一記，他抿了抿唇，才勉強擠出一句：「對不起。」

又是對不起！倘若眞覺得對不起我，爲什麼要一而再、再而三地做出需要賠罪的事？因爲我從不計較、從不追討，就能當作傷害從不存在嗎？

「比起道歉，你更應該向我解釋這段日子以來，你荒唐的舉動吧？爲什麼不說一聲忽然疏遠我，爲什麼你和周穎童告白還有交往的事都不曾告訴我，爲什麼校慶那天要讓我幫她背黑鍋？她重要，我對你來說就一點都不重要嗎？」我一句一句慢慢地說著，將這陣子的委屈和不解，編織進殘破的嗓音中。

「因爲我眞的不知道該怎麼面對……」他忽然拉住我的手，語氣裡竟有絲哀求的意味，「從以前到現在，妳都是我最要好的朋友啊。」

「誰是你最要好的朋友！」我甩開他，按住胸口厲聲質問：「賴毅森，你以爲我爲什麼要答應你那些無理的要求，爲什麼總是包容你，爲什麼要對你付出那麼多？你知不知道我對你——」

不行，不能說！

喉頭一鯁，話語戛然而止。我睜圓雙眼，驚覺自己險些鑄下大錯，滿腔怒火頓時被澆熄，冷意從胸腔蔓延到了四肢，我連忙握住自己輕顫的指尖。

孰料，賴毅森接下來說出口的話，讓我渾身都顫抖了起來。

「我知道。」他凝視著我，眼神中夾雜了歉意和憂傷，「但我知道得太晚了，也沒辦法給妳，妳想要的回應……真的對不起，姒妍。」

他知道？

他說他知道？爲何會知道？什麼時候知道的？是知道了才打算跟我保持距離嗎？原來我對他而言，是個如同阻礙或麻煩的存在嗎？

不知不覺間，我已然淚流滿面。

「別哭了……」賴毅森蹙著眉抬起手，指腹輕拂過我臉上的淚珠。

他越溫柔，我越難堪，因爲他能給我的，只剩下同情。

其他，我全不具備擁有的資格。

太痛了，痛到我沒有辦法呼吸。

退後幾步，脫離他能觸及的範圍，我快步衝向自家鐵門，手忙腳亂地翻出鑰匙，豈料試了好幾遍，都無法順利將之插入鑰匙孔。好不容易成功了，我連忙將自己關入屋內，回頭鎖門時，從鐵門的格柵縫隙，瞥見賴毅森仍站在原處，注視著我。

我無法辨識他的神情，也寧可看不清。

匆匆跑上樓，扔下書包，我將自己用力摔進床鋪中，久久沒有起身。

眼淚像是壞掉的水龍頭般肆虐不止，我甚至懷疑整床被單都會被我的淚水浸溼。

即使不願意回想，賴毅森的面容依然一幀幀地在腦海中反覆播放，不論是他招牌的酒窩笑顏，抑或是稍早布滿愁緒的臉，我都擺脫不了。

哭到意識昏昏沉沉、腦袋混沌，又翻身在床上躺到眼眶乾涸，我呆滯地望著因沒開燈而一片漆黑的空間，直到窗外傳來一陣重機行經的引擎聲，才從恍神狀態中驚醒，緩緩撐起疲憊的身子。

幾點了？該做的事全都還沒做，可是該先幹麼呢？總覺得現在一切都會被我弄得一塌糊塗，還不如讓自己無所事事。

我打開了燈，走進浴室裡，從鏡子內瞧見雙眼紅腫、布滿血絲，連頭髮都散亂不堪的自己，不禁在內心苦笑。

眞是，像鬼一樣。

我索性洗了個澡，換身舒適的衣服，將承載了悲傷的床單換下，丟到洗衣機裡之後，才提起被我摔在地上的書包，從裡頭拿出手機。

手機受到抬移被喚醒，亮起的螢幕上有則來自通訊軟體的提示。我滑開鎖，打開對話框。兩個小時前，大約在我回房後不久，韓尙淵便傳了則訊息詢問：「妳還好？」

盯著那簡單的三個字，我眼中的淚意再度開始翻湧。

「搞砸了……全部都……」才剛送出回應，訊息就被秒讀。

大概是不明白我搞砸了什麼，隔一會兒，他乾脆回：「我打給妳吧。」

韓尚淵捎來通話邀請，我猶豫了幾秒，無法決定要不要接，而他也很有耐心，遲遲沒掛斷電話。

最後，我按下接聽鍵，才剛將手機湊近耳邊，便忍不住哭出聲來，導致韓尚淵連半句話都還沒說，就被迫接收了我好幾分鐘的哭聲。

等發洩到一個段落後，我才用微啞的聲音輕輕道歉，沒想到卻聽見他疑似從齒縫裡擠出了句：「……我當時果然應該揍賴毅森的。」

禁忌的關鍵字，讓我瞬間又哭得更厲害了。

這天以後，我幾乎和賴毅森形同陌路，連眼神都很少接觸。

班上同學搞不懂怎麼他公開道了歉，情況反而變得更糟。雖然他們是避著我們，在背後說悄悄話臆測，但視線太過明目張膽，我不必猜都曉得他們在討論什麼。

偶爾周穎童轉頭和我交談時，擔憂的眼神會在我和鄰座的賴毅森之間來來回回。而我只能裝作不知情，畢竟我不可能將背後的原因直接告訴她，否則下一個和我形同陌路的恐怕就是周穎童。

韓佳音倒是偷偷問過我，我和賴毅森又發生什麼事了，近來的互動率簡直是零。

我索性搬出周穎童，說為了避免她吃醋，在學校才會跟賴毅森保持距離，不過私底下我們還是會聊天。

而對於現在這個情況，韓尙淵也無計可施。

這次可不是普通爭吵，而是我被賴毅森拒絕，徹底失戀了啊！失戀要怎麼和好？

那天晚上，我跟韓尙淵也沒聊出個結論，多半都是我邊說邊哭，他安靜地傾聽。等掛斷通話，我才後知後覺地想，假如韓尙淵眞的對我有那麼一點意思，我適才的行徑，不就等於在他心頭插一刀嗎？或許他同樣感覺難受，只是沒在我面前表現出來。

結果對此感到後悔的我，也不敢再向他吐露關於賴毅森的心事了。當他拐彎抹角問起，我便以「時間會解決一切」一語帶過，不再多言。

從表情判斷，韓尙淵對我的異常並非一無所知，我也幾度擔心他會在不恰當的時機，說出我還無法承受的話。幸好他比我想像中還沉得住氣，始終維持著讓我安心又不至於生分的距離，開著那些惱人的可惡玩笑。

爲了排解壞心情和壓力，我將注意力全投注在課業上，用了比平時多好幾倍的心血來讀書，哪怕是天塌下來，都阻止不了我努力用功的決心。

高二上的期末考在一月底到來。我在各科都拿到了前所未有的高分，繳出漂亮的成績單，而賴毅森卻頭一次摔出了班排前五名之外，雖不算考得十分糟糕，卻也有失他以往的水準。

表面看來得意，然而臨近過年時，我竟感到身體不適。我本來想多喝水休息，靠免疫力壓下，沒想到除夕前一天竟開始發高燒。因爲頭痛、頭暈，我在床上躺了整整一天，吃了藥也沒有什麼改善。

我猜想，或許是終於有段時間不必與賴毅森見面，可以好好沉澱心緒，再加上卸下繁忙的班長職務，整個人鬆懈下來，身體才會被病魔入侵，落得掛病號。

傍晚，意識矇矇朧朧之際，隱約感覺到有人開了房門進來，我勉強睜開眼睛，下一秒，溫暖的手掌輕輕覆上我的前額。

我依稀看到爸爸皺著眉頭的表情，瞧見他走到書桌旁，拿起我的藥袋端詳。我心安地呼了口氣，閉上眼睛。

又睡了一個多小時，頭痛總算舒緩了些，我提起保溫瓶下樓，打算補充溫水。聽見廚房內有聲響，我站在樓梯上愣了一下，接著加快步伐下樓，果眞見到爸爸站在流理臺前忙碌的身影。

「……爸？」原來不是我在作夢，爸爸眞的提早回家了。「你今天不加班了嗎，工廠呢？」

「都年末了，反正工作也總結得差不多，大家心不在焉的，乾脆早點讓人放假回去休息，剩下的就等過完年再處理。」爸爸回過頭來，語帶責備地問：「生病了怎麼不打給我？不然至少也發個訊息啊。」

我感到莫名其妙，疑惑地問：「我去看過醫生了，自己吃藥睡覺就好，爲什麼要吵你？」

語落，就見他的表情垮了下來，但我還是不懂問題出在哪裡。

「妳這麼獨立的話，我會很寂寞啊，覺得自己很沒用。就不能多依賴爸爸一點嗎？」果然是嚴肅沒幾秒就會破功的個性，居然還撒起嬌來了。

我平靜地瞅著他，「但很多事我好像都做得比你好啊。」

「……這犀利的說話方式怎麼這麼像妳媽呢？」他若有所思。

「因爲是她生的？」語畢，我無視爸爸的傻愣，逕自走到飲水機前裝水。

在咕嘟咕嘟的注水聲中，爸爸驀地拋來一句令人錯愕的話，讓我險些失手摔掉已差不多裝滿的保溫瓶。

「妍妍，妳跟小森吵架了嗎？」簡直比我還要犀利。

我蓋上瓶蓋，遲遲不敢轉身，因爲我無法確定眼下的自己，究竟是什麼表情。

萬一我表現得太過傷心，宛如世界末日，爸爸說不定會追根究柢，甚至直接去追問賴毅森。

然而緊接著，爸爸又拋來更令人驚訝的第二句話：「我聽說小森另外交了女朋友，是因爲這樣嗎？」

誰告訴他的？賴叔嗎？

「另外」這個用詞很微妙，就好像他以爲那個位置本該是屬於我的，卻被人橫插了一腳。可惜事實上，賴毅森從來都沒有考慮過，讓我擁有那個身分。

「沒有另外。」我陡然冷靜下來，回過頭，淡淡地回應：「就只是他交了第一個女朋友，這樣而已，但那跟我沒什麼關係。」

爸爸專注地盯著我，大概想從我臉上找到一些破綻。值得慶幸的是，我今天正好頂著病容，本就顯得疲倦，即使再多上一絲不愉快，也不至於顯得突兀。

隔一會兒，他微微勾起唇角，溫聲問道：「幫妳煮了鹹粥，要不要多少吃一點？妳晚點還要再吃一次藥吧？」

我完全沒食欲，可是空腹吃藥太傷胃了，尤其我的體質還特別容易因爲吃藥鬧肚子痛，所以我最好還是乖乖地吃飯，別跟身體過不去。

「好。」順從地走到桌邊，見爸爸已經打開電鍋舀粥，我遲疑片刻後，放下了硬要自己來的念頭，拉開椅子坐下。

冒著熱氣的粥被放到面前，我用湯匙攪了攪，剛嘗了一口，就忍不住攏起眉心。鹽放太多了。但是看著爸爸笑吟吟的模樣，我又不好意思說出口，偏偏鹹粥還燙，沒辦法速戰速決，我只能硬著頭皮繼續慢慢地進食。

「妳還記得我曾經說過，我跟妳媽媽在分開之前，吵得很凶嗎？」他忽然天外飛來一筆。

我停頓了會，回過神後，邊埋頭喝粥，邊安靜點頭。畢竟是和媽媽有關的重要過往，我當然記得很清楚，而且上個月我才剛跟韓尙淵提過。

「當初我沉浸在自己的情緒裡，很多事都沒能跟妳媽媽問清楚、講明白。直到現在，我還是覺得非常可惜。」爸爸拉開我身旁的椅子坐下，雙手交握，放在桌面上，嗓音輕緩地說道：「在發現她切斷聯繫的時候，我覺得自己被耍了，也沒有深入思考背後的原因。為了賭一口氣，反而錯過了找她的最佳時機。」

我咬緊牙關，忽然覺得下顎一陣痠疼，連喉嚨也跟著緊繃起來。

我想，我知道爸爸正試圖傳達什麼了。

「我一天比一天還要後悔。明明很在乎對方，為什麼脾氣一上來就只會口出惡言，覺得自己是全天下最委屈的人。後來，那些真正該說的話、該道的歉，我都再也沒有機會告訴她了。」他注視著我，卻像在對已經逝去的人傾訴衷腸。

聽說，他們是彼此的初戀，而且在分手以後，兩人都沒再談過任何一段感情。我曾好奇問過爸爸，怎麼沒想再交個女朋友，或者結婚，如果他結婚了，我也會努力試著跟對方好好相處，可他卻笑著說：「現在啊，我只要有前世情人就夠了。」

才不是那樣呢。

肯定是太過遺憾了，所以才始終忘不了刻骨銘心的她吧。

「如果再給你一次機會，你會把她找回來嗎？」我哽咽著問。

「一定會。」爸爸抬起手，安撫似地摸摸我的頭髮，「我會把我兩世的情人都一起找回來。」

然而，這已經變成一個永遠無法實現的心願了。

未來有太多變數，什麼時候會錯過和失去，我們都無法預測。既然如此，或許就不該輕易地拋棄和放手，否則哪天忽然想尋回，也已經不存在了。

「別讓自己活在後悔之中，也別對自己的心說謊，妍妍。」他慎重地說道，「就算不能發展成妳期望的關係，你們也一定是彼此人生中十分重要的人。有任何不滿，都要好好表達清楚，否則只會在原地無限打轉，妳是，小森也是。」

我用力頷首，淚水隨著動作滴落在餐桌上，於是我抽了好幾張衛生紙，左手按著眼淚，右手擦桌子，還得吸住正在隨地心引力往下墜的鼻涕，整個人十分忙亂。

爸爸見狀，很壞地用肩膀撞我，「怎麼這樣就哭了啊？」

「……是你煮的粥太難吃了。」我彆扭地反駁，話語卻夾雜了濃濃鼻音。

「這樣啊？」

「就是這樣。」

「哈哈哈！」

經過和爸爸的一番談話，深思熟慮後，我決定主動踏出第一步，嘗試化解我和賴毅森之間已凍結快兩個月的僵局。

過年這段期間，他回了賴叔的老家，我只能先傳訊息問他：「等你回來後，我們找個時間說說話，好嗎？」

我還以為起碼要等個半天以上，他才會回覆，孰料放下手機不久，提示音便叮咚作響，中斷了我的思緒。

我從小說中抬頭，瞧了一眼，發覺是賴毅森的訊息後，迅速抓起手機。

「好！」第一則訊息，他回應得簡短，不過也許是我的語句讀來和緩，讓他又試探性地傳了第二則訊息，關心地問：「那個……聽我爸媽說妳生病了，還好嗎？很不舒服嗎？」

彼此的家人這麼熟，還會互相交換情報，這到底是好是壞？

「小感冒而已，不嚴重。」第二天我就已經不再發燒了。

「那那那，妳趁放假好好休息吧！連當了一年的班長，我都替妳覺得累耶，下學期眞的別又倒楣變成幹部了！」這句話看起來，已經像是從前的熟悉口吻。

我應允下來，並慶幸這一小步給我的感覺，並不壞。

病了快一週，我才總算脫離喉嚨痛和鼻塞的折磨，不過小咳嗽非常頑強，讓我的嗓音聽起來依然帶著沙啞，導致韓佳音把握著假期的尾巴打電話來約我出門時，一下便聽出了不對勁。

「妳感冒嘍？聲音怪怪的耶！」

「嗯，除夕前還發燒，現在差不多快好了，剩下一點輕微的咳嗽。」才剛說完，我就因爲喉嚨發癢，輕輕咳了兩聲。

韓佳音浮誇地大叫：「妳也太慘了吧！過年這幾天不就都沒出門？」

「差不多。」反正我本來就不是愛四處閒逛的人。

「那妳今天就跟我一起去看燈會嘛！我爸不讓我自己出門，一定要韓尙淵陪我去，但他很機車一直不肯，我好不容易才拗到他妥協。他說，只要妳去，他就去。」隨後，她的嗓音莫名放軟了，有別於平時的清脆高亢，特別可愛，「好嘛！姒妍——」

這根本是陷阱，我應該比韓尙淵更不可能出門。

不過……

「妳本來要自己一個人去看燈會？」我狐疑。韓佳音並不是這樣的人啊！揪團浩浩蕩蕩地去，更符合她的個性。

被我抓到矛盾之處，韓佳音突然支吾起來，東拉西扯半天，最後還當起了縮頭烏龜，「我叫韓尙淵跟妳說啦！」

隨後，電話那頭便傳來一連串雜音，和難以辨識的堂兄妹對話。我啼笑皆非地等待了一陣子，手機最終仍被塞到了韓尙淵手中，韓佳音似乎還在另一頭哇哇叫地催促。

「梁姒妍？」好幾天沒聽見這個聲音，我發覺自己竟然有些想念。

我輕哼了聲，追問：「所以到底怎麼回事？」

「我乾脆說結論吧。」不知是無奈抑或沒轍，他嘆了口氣，直截了當地說：「包子想跟她男朋友約會，被迫成爲煙霧彈的不幸堂哥打算抓妳一起被閃，妳願意嗎？」

我聞言一愣，「佳音有男朋友嗎？」從沒聽她提起過啊！

「他們是國中同學，不過交往得很低調，到目前爲止沒幾個人知道，我是那倒楣的其中之一，現在妳也是了。」語畢，不曉得是不是挨了韓佳音的打，他突兀地悶哼，又調侃道：「看不出來她是這種對談戀愛保密到家的人吧？」

「我是眞的蠻驚訝的。」恐怕比當初聽到韓尙淵有喜歡的人還驚訝。

「所以要不要來鑑賞一下？」韓尙淵很懂得逮住我的好奇心，趁勝追擊，「看看包子傳說中的男友——饅頭？」

這次我聽到了很響亮的劈啪聲，他的確活該被揍。

我沒忍住，笑出聲來。

韓尙淵被我的笑聲感染，也笑了起來。這時，我細聲說道：「那好吧。」

我們約好五點在捷運站碰面，等我掛斷電話，才猛然意識到這兩男兩女的組合好像有點奇妙，而且韓尙淵似乎也沒有那麼抗拒陪韓佳音出門，至少在談話過程中，他並未暗示我可以拒絕。

思索半天仍想不出個所以然，我索性擱下手機，打開衣櫃翻找晚點要穿出去的保暖衣物。

下午，在爸爸一臉看宅女出關的難以置信表情中，我溜出了門。

我乘車來到指定的捷運站，等待與其他人會合。等人都到齊後，我們會再一起轉乘接駁車，抵達燈會的會場。

由於是最靠近燈會會場的捷運站，外頭的人流相當可觀，稍微有些人群恐懼的我靠到牆邊，拿出手機朝捷運站門口張望。

因爲偶爾還會咳嗽，於是我戴上口罩，再加上天氣冷，我穿得很厚還圍著圍巾，這讓我有些擔心他們會認不出我。

剛想打個電話告知他們自己的位置時，我就看到熟悉的身影踏出捷運站門口。

發現韓佳音按著手機，一副要撥電話的樣子，我起步欲朝他們走去，沒想到，韓尙淵邁開長腿，毫無遲疑地來到我面前。他垂眸揚起唇角，像是堅信自己絕對沒有認錯人。

我訝異地拉下一半口罩，「你是怎麼知道的？」

「可能是因爲，在我眼裡妳看起來會發光？」韓尙淵刻意打趣。我眯起眼，表現得意興闌珊，他這才實話實說：「開玩笑的，所有人之中就只有妳直盯著我們，當然能認出來。」

原來是我期待他們來帶我走的眼神太熱切了嗎……

下一秒，韓佳音就撲上來抱住我，額頭還在我頰邊蹭，「姒妍啊——妳眞好！如果下學期班導又指定妳當班長，我一定會幫妳求情的！」

我急忙拉上口罩，免得她靠得太近被我傳染。從她肩上望出去，有個站在附近的男生映入我眼底。他戴著斯斯文文的銀框眼鏡，靦腆地笑著，和韓佳音是截然不同的類型。

意想不到啊。

滿足了好奇心，我今天眞是沒有白來一趟。

「好了！趕快去排隊搭接駁車吧，照妳這磨磨蹭蹭的速度，明年才能看到燈。」韓尙淵一把將韓佳音從我身上拎走，丟給了她男朋友，「饅頭，交給你了。」

「不要叫他饅頭！」韓佳音抗議。

「不叫饅頭不然叫什麼，銀絲卷？」韓尙淵挑釁地挑眉。

韓佳音咬牙切齒，無奈今天還是有韓尙淵幫忙，她才能蒙混過關，不能輕易得罪！於是，她壓下怒氣，轉身勾著男友的手，往排隊的方向走。

我瞟了韓尙淵一眼，他聳聳肩，拉著我跟了上去。

接駁車班次頻繁，即使要去燈會的人頗多，我們也沒有等太久，很快便順利坐上巴士，往燈區的方向前進。

去程途中，旅客們嘰嘰喳喳的，前座的韓佳音也在和男友聊天。我注視窗外的車流，忽然聽見韓尙淵低聲說道：「妳看起來好多了。」

我將目光投向他，片刻後，誠實地回應：「嗯，已經好多了。」

抵達會場後，韓佳音像個興奮的孩子一樣，在各燈區東奔西跑，不停拍照。

有男朋友陪她一起跑，韓尚淵也不擔心，和我一同慢吞吞地走在後頭看燈，碰到造型別緻的，便停下來多看兩眼或攝影留念。結果一不小心，我們就把興高采烈的小情侶弄丟了，繞了一陣子都沒看見他們的身影。

「糟糕，現場人這麼多，怎麼找？」我皺著眉頭，這根本是大海撈針。

韓尚淵直接掏出手機，「我打給包子吧。」

人聲嘈雜，等電話接通後，他為了能聽清楚韓佳音的聲音，特意按住半邊耳朵，和她交談。

不到一分鐘，韓尚淵就掛斷了通話。我不曉得該如何形容他的神情，像是在壓抑著某種情緒般，整個人顯得不太自然。

「怎麼樣？」我偏頭看他。

他清了清喉嚨，挪開目光，「她說既然分散了，不如各逛各的，要離開的時候約在接駁車那裡會合就好。」

嗯……這樣啊……咦？那不就剩下我們兩個人了嗎？

瞬間明白了韓尚淵尷尬的理由，我低下頭盯著自己的鞋子，竟感到不知所措。明明在學校時，兩個人獨處也不曾這樣的，怎麼換了個地方就這麼緊張？

大概是因為，今天這情況，幾乎成了變相約會的緣故吧。

到底是從什麼時候開始，我對他抱持的情感漸漸變得複雜了呢？

是從他敏銳看穿了我的心思，還是從他在公車上幫我擦眼淚，又或者是校慶那天，他在操場上擁抱我……

細數過往，我才察覺，居然有這麼多令我內心動搖的時刻。

韓尙淵整理好自己的情緒之後，伸手指了指前方，提議道：「走吧，妳要先吃點東西嗎？我剛才看過導覽圖，前面再過去就是美食區，攤位很多，可以先吃飽再繼續逛，八點的時候好像會有煙火。」

我凝睇著他柔和的神情，回過神時，已不由自主邁出了步伐。

我們各自買了點喜歡的小吃後，繞出美食區，走到外圍一處人煙較爲稀少的木造平臺，坐在上面邊吃東西，邊遙望遠處或密集或疏落的燈火。

若照往年的習慣，我現在應該正獨自窩在沙發上，看著毫無興趣的舊電影吧，根本沒料到自己眼下會坐在這裡，跟個從未想像過的對象一同等待煙火。

在韓尙淵去扔垃圾的空檔，我留意到附近空地，有個表演者正在打爵士鼓，旁邊聚集了一些觀眾，也有些人索性就坐在小平臺上欣賞。

背景音樂是首相當耳熟的歌曲，我靜靜聽著，不知不覺用手輕輕打起了節拍。

「喔，是梁靜茹的歌吧？」剛回來坐下的韓尙淵也認出了這首歌，見我還在打拍子，忍不住莞爾。

我猜他大概是認爲這舉動太孩子氣，於是癟嘴收起手，故意將視線轉向前方，只用餘光偷偷覷他。孰料接下來，他卻將手機假裝成麥克風，湊近唇邊逕自唱了起來。

我不放棄愛的勇氣　我不懷疑會有眞心
我要握住一個最美的夢　給未來的自己
一天一天　一天推翻一天　堅持的信仰
我會記住自己今天的模樣

有一個人惺惺相惜　有一顆心心心相印
拋開過去我想認眞去追尋　未來的自己
不管怎樣　怎樣都會受傷
傷了又怎樣　至少我很堅強　我很坦蕩

梁靜茹〈給未來的自己〉，作詞：黃婷，作曲：張正宗

我詫異地瞪著他。雖然他並非唱得五音不全，音準基本都有對上，甚至可以說是好聽的，問題是他也太旁若無人了吧！唱到一半還直接站起來飆高音，我簡直愣住了，搞不清楚現在是什麼情況。

他上回說社團裡的人全是瘋子，難道加入漫研社，是真的會變成瘋子嗎？

等他唱到一個段落，我馬上扯著他的手臂要他坐下，實在太難爲情了！我著實懷念他從前沉靜穩重的畫風，爲何才半年就長歪了呢？

也或許他一直都是這樣的人，只是未曾公開展現出來。

「妳沒幫我拍手？」他盯著我，一副我要是不鼓掌，他就會繼續唱下去的架式。

我見狀，連忙拚命拍手，拍著拍著，聽到一旁居然也傳來其他零碎的掌聲，莫名就笑了出來。我伸手去拉他，覺得太荒謬了，怎麼會有這種事啊。

他往我靠近一步，順勢握住我拉著他衣袖的左手。

我的心忽然跳得非常快，無法控制的頻率猶如在提醒我，這一切都不是錯覺，而現下讓我心跳不已的，也並不是賴毅森。

「梁姒妍，妳要開開心心的啊。」他淺笑著，用無比眞誠的口吻輕聲說道。

面對這樣的眞誠，我又如何能不答應。

待他鬆開手，重新在我身邊落坐後，我深吸了口氣，開口說出這段期間，自己稍稍做的一些努力，以及和爸爸對話後，所得到的部分啟示。

「我跟賴毅森約好了，等他從老家回來，我們就好好把事情說開。」我偏過頭，將他仔細傾聽的側顏納入眼底，「可能一時之間，我還很難徹底把他從心裡摘除，不過這幾天我已經想通了，他對我來說很重要，但我和他之間，不是非得擁有特別的關係。也許有一天，就算看到他和周穎童在我面前牽手擁抱，或是親吻，我也不會感到難過，甚至能夠衷心地祝福他們吧。」

韓尙淵沉默了好一會兒，動也不動，當我以爲他打算繼續保持緘默，不會發表任何意見的時候，他才驀地轉頭，眸中隱約有絲微光一閃而逝。

我怔怔地凝視著他。

「那麼，我會耐心等到那一天的。」他湊過來，帶著暖意的氣息將我包圍，一抹柔軟落在額際，透著小心翼翼的溫柔試探。「妳心裡能裝得下我的那天。」

……什麼？

我睜大雙眼，屏住呼吸，一度懷疑自己幻聽了。

沒等我反應過來，韓尙淵便又補上一句：「之前說好了吧，要是我在三次元找到喜歡的對象，要第一個告訴妳。」

嗓音落下的同時，燦亮的美麗煙火也在遠方天際綻開，一朵接著一朵，絢爛了這一方天地，也喧囂了我本就躁動的心。

在某個沒有意識到的、沁入心扉的瞬間，或許我早就已經淪陷。

第八章　縠雨

我忘了自己是怎麼平安回到家的。

從韓尙淵說完那幾句話後，我就一直恍恍惚惚的，彷彿將靈魂遺留在原地，忘了帶走，耳邊殘留著花火燃放的餘音，以及他低低的輕笑聲。

怎麼辦，我好像快瘋掉了。

爸爸正懶散地坐在客廳，邊看電視邊吃一碗黑黑糊糊的東西，我並不想知道那是什麼。

爸爸見我脫下口罩和圍巾後，就呆呆地掩著臉站在門口後，不禁瞇起眼，疑惑地問：「發生什麼事了，妳不是去看燈會嗎？」詢問之際，他喝下一口奇奇怪怪的湯。

「爸，我好像被其他男生表白了。」我咬住嘴唇，煩惱地看著爸爸。

聞言，他將奇怪的湯一口噴了出來，嗆咳不止。

我絕對是神智不清了，才會跟他說這種事。用眼神警告他必須將弄髒的桌子跟地板擦乾淨後，我快步跑向樓梯，頭也不回地奔回房間。

「什……等等！妍妍，妳不要跑，把話說清楚啊，妍妍！」

不顧他在樓下叫喊，我關上房門，將自己和難以言喻的複雜心緒鎖在一起。

時間已經很晚了，我卻完全不覺得疲倦，反而格外清醒。

看來，今晚注定是個不眠夜，幸好還有一天的假日可以緩衝，否則還沒調整好狀態，就這麼開學的話，我一定會心不在焉吧。

換下衣服沖了澡，我舒舒服服地鑽進被窩裡拿起手機，這才發現有則未讀訊息，來自韓尚淵。

「到家了嗎？」時間算得蠻準的，可惜我到現在才看手機。

「嗯，現在準備睡覺了。」所以拜託別問我感想。

「妳還能睡？」他一副驚訝的口吻。「我有預感好像會睡不著……」

我倒想問問這都是誰造成的？而且別騙人了，校車在坑坑疤疤的馬路上晃得像七級地震他都能睡著，今天把一半的心理壓力轉嫁給了我，他最好會睡不著。

「自作自受？晚安。」

打完訊息後，我快速送出，按下靜音鍵，將手機放到床頭櫃，隨即把頭埋進棉被裡，雙腳胡亂地踢了幾下。

出乎意料的是，明明心情像坐了趟雲霄飛車，但我閉上眼睛之後，竟然很快便進入了夢鄉。

我想，或許是心靈在某個層面獲得了滿足，也或許是悄悄萌芽的傾慕落到了實處，終於能夠生根滋長的緣故。

睡了個好覺，隔天神清氣爽地做完家事，剛打算出門採買日常用品時，我發覺門外有個眼熟的人影，正抱著紙盒，垂著腦袋，孤零零地坐在旁邊的鞋櫃上。

賴穀森？他坐在那幹麼？

我連忙打開鐵門，而聽見聲響的賴穀森也抬眸望過來，同時打了個噴嚏。

「你不是都會自己開門進來嗎，今天爲什麼要坐在外面吹風？」初春的空氣仍未褪去寒意，二月的太陽也好比裝飾品，他居然連件外套都沒穿。

「呃，嘿嘿。」他騰出一隻手揉揉鼻子，笑得傻裡傻氣，眼神中有種說不出的尷尬，「我是想，裝個可憐的話，妳等等可能會對我寬容一點啦……」

我嘆氣。實在拿他沒輒，我從前對他還不夠寬容嗎？一般人可說不出這種厚臉皮的話。

我退後一步將鐵門敞開，示意他動作快。賴穀森立刻三步併作兩步奔進溫暖的室內，還發出一聲放鬆的喟嘆，猶如來到了人間天堂。

我用馬克杯幫他裝了熱水，見他還捧著那個盒子，不禁好奇地問：「你手上拿著什麼？」

他興沖沖轉向我，掀開盒蓋，原來裡頭是個提拉米蘇蛋糕。

「上個月沒能幫妳慶祝生日，我超耿耿於懷的，昨天下午回來就順路買了蛋糕……結果妳爸說妳跟別人去看燈會了！」他的語氣陡然轉為哀怨。

滿心期待卻撲了空，難怪他不開心，但跟我過去不開心的次數比起來，實在是小巫見大巫，就當他受了一次懲罰吧？況且這還遠遠不夠。

可我轉念一想，若再抓著那些委屈不放，我永遠都擺脫不了這段感情和陰影。選擇溝通並不是因爲心軟或妥協，而是我不願繼續滯留在一言難盡的關係裡了。況且過去那些錯處，不少都是我刻意順勢而爲，所以也得負部分責任。

「慶祝就不用了，我自己都不太在意。」我將馬克杯擱在桌上，接過大小剛好能納入懷中的紙盒，放輕了嗓音道：「不過，一起吃蛋糕吧。」

「好啊！」他笑得眼睛都瞇了起來。

由於賴毅森經常性手殘，切蛋糕這種事自然是由我來。他捧著馬克杯慢慢吹氣，喝著熱水，目光停駐在桌面上因爲過年而準備的糖果盒，而後拿起一顆用透明包裝紙包裹著的橘子糖，舉到日光燈下觀看。

「妳爸不在嗎？我看瑪丹娜不見了。」他隨口問。

瑪丹娜是我爸白色轎車的名字，也就是從前曾受害的那輛。還有一臺爺爺留下來的銀色休旅車，叫克莉絲汀，不過克莉絲汀通常都停在工廠的車庫裡，供外務或出差使用。

「快開工了，他提早回工廠處理一些事，應該傍晚才會回來。」爸爸就是這種完美主義的工作狂性格，可能我也多多少少遺傳了這點。

賴穀森漫不經心哼了聲，接著忽然改變語氣，問道：「所以妳昨天跟誰出門了啊？」

動作稍一停頓，我壓抑著心慌，淡淡地說：「跟佳音。」也沒說謊，只是少報了兩個人。

賴穀森歪著頭，「而已？」

「你今天是專程來八卦的嗎？」我將蛋糕盤放到他面前後，捧著自己的份靠到沙發上，沒好氣地問道。

「好嘛，該從哪裡開始講？」他苦惱地皺眉，抓了抓頭髮，組織了好一陣子方重新啟口：「起先真的是聽說……咳，妳有可能喜歡我，才想說應該保持距離觀察一下的。那時候我剛跟穎童告白不久，本來很有信心，結果她卻沒有馬上答應。有人跟我透露她可能是在顧慮妳，而且妳好像也不是只想跟我當朋友……」

「侯欣怡她們嗎？」我挑起眉。

賴穀森聞言一僵，看起來十分尷尬，隔半晌才坦承點頭。

我立刻追問：「你寧可聽信那些人的話，也不向我或是穎童求證？」

「我原本當然不相信啊！還認爲她們在刻意拿妳作文章，可是後來卻發現，她們說的好像也不是完全沒道理。」他垂下眼簾，用叉子反覆戳著蛋糕，「所以我故意在放學的時候沒等妳就偷跑，但妳還是每天都會等我，最後一次甚至還沒趕上校車……

我實在不曉得該怎麼辦，直接問妳的話，依妳的個性肯定不會承認吧。」

這倒沒錯，畢竟都很清楚他喜歡周穎童了，比起親口承認給他壓力，我的確更傾向於暗自守著心意，裝作沒這回事。

「後來，雖然穎童答應我了，我還是每天都很在意妳的想法，畢竟不能讓妳再繼續喜歡我啊！我才會……覺得與其這樣，還不如讓妳變得討厭我，也要盡可能別對妳表現出太多關心跟親近。」

「讓我變得討厭你？」我皺眉，隨即瞠目恍然，「等等，你利用了穎童沒帶卡式爐的那件事嗎？」

「就……很臨時想到的，明顯是個餿主意吧……不但差點挨韓尚淵的揍，還被穎童飆了一頓，甚至跟她冷戰，重點是妳看起來真的……很受傷很難過，我差點就直接破功了。」賴毅森抬起眼角偷偷觀察我，大概是怕我用手上的蛋糕砸他。

然而，我只是詫異地注視著他良久，無言以對。

他的腦袋結構到底多異於常人，才會如此異想天開？

喜歡了這麼久的人，哪可能說討厭就討厭？倒不如說就是無法討厭，被傷害時才會感到格外心寒。

再說了，真被我討厭的話，我就不信他能無動於衷、毫不難受。

「你就沒考慮過被拆穿後，自己的形象會變得很糟糕嗎？你也很難對穎童交代吧？」我揉著眉心問。

「當下眞的沒有，滿腦子都在想該怎麼讓妳對我失望跟反感，別把時間浪費在我身上，那一點都不值得啊。」他困窘地耷拉著腦袋和肩膀，「後來才開始覺得事態嚴重，就決定把前因後果告訴穎童，想說一定要跟妳們道歉才行，偏偏連道歉都搞得一塌糊塗。」

「前因後果，包括那些猜測都沒瞞她？」我不自覺提高了音調。

他嚥了嚥口水，下意識靜音，可表情已經默認了。這完全是在考驗周穎童對他的信任跟對我的容忍程度，易地而處，我自認做不到她的平心靜氣。

「你眞的是個大壞蛋耶！」我忍不住罵了句。

「對不……呃，妳很討厭一直聽到這三個字吧？那我現在該怎麼道歉比較好啊……」他的頭快貼上桌面，呈懺悔姿態，嗓音聽來極爲無助。

如果韓尙淵在現場，也許又會涼涼地酸一句：「就是有人喜歡白痴加壞蛋啊。」莫名想起韓尙淵，我連忙塞了口蛋糕到嘴裡，轉移注意力。幸好賴毅森的視線不在我身上，否則肯定會察覺我的異常。

「那個道歉不是你自己想的吧？」我用指節輕敲桌面，迫使他抬頭。

「道歉……噢，是跟穎童討論很久才決定的。」賴毅森思索幾秒，才明白我指的是在班上的公開道歉。「這樣才能告訴大家，錯的只有我們，澄清那些加油添醋的言論，也可以避免妳被檢討啊。」

結果我和韓尙淵都猜錯了那次道歉背後的用意。

周穎童會提出這個作法，大概是因為，我在校慶那日曾告訴她，若她不跟賴毅森和好，大家會認為是我的問題。

老實說，那段話含著些情緒勒索的成分，並不是很妥當。我沒想到她會那麼在意，再加上賴毅森方才的爆料，讓我有些過意不去。

瞪著自作孽的賴毅森，我不禁覺得往後眞是要辛苦周穎童了。他衝動跟少根筋的腦袋，恐怕還有得教育跟調整。

……想得沒良心些，反正我大概管不著了。

沒等我再度出聲，賴毅森便匆忙道：「不過那其實不算眞正的道歉啦，眞正的道歉後來被我搞砸了……就算穎童提過我可能必須跟妳吵一架，才可以逼妳把心裡話全說出來，但她沒教我怎麼收尾啊！妳一哭我就整個呆掉了。她聽說後差點把我掐死，還很煩惱這下恐怕要給妳更多時間沉澱才行了。」

我聞言一愣，「必須跟我吵一架？」

他的聲調忽然上揚，語速也更為急促，「因為妳眞的太理性了啊！在冷靜的狀態下，永遠都只會做出有利於所有人的選擇，即使自己什麼都沒得到。這對普通人來說很難，可是對妳而言好像很理所當然，甚至連我也常常判斷不出妳介不介意。呃，妳能聽懂我在說什麼嗎？」

聽起來像我總在自虐。

我沉吟了一會兒，依然困惑，「假如只有我獨自高興，其他人卻不開心的話，這種高興不就沒有意義了嗎？」

賴毅森似乎比我更加困惑，「爲什麼皆大歡喜會是妳的責任啊？」這句話，讓我宛如被人當頭打了一棒，思緒頓時一片混亂。是啊，從什麼時候開始的呢？我做出的往往是能夠討好多數人的決定，雖說自己的內心也不是全然無所謂，不過若遇到類似情況，我仍會看別人的臉色來走下一步。

我自己沒有意識到的事，其他人卻注意到了。

將盤子放在腿上，我平靜地點了點頭，「知道了，我會再……好好想想。」

賴毅森被我的態度搞得一頭霧水，用手指搔搔臉，把指尖上的奶油也糊到了臉頰上。「那個，不對吧！今天是我要來賠罪，不是妳要反省耶！」

我望著他一如既往的傻瓜模樣，不由自主抿了抿唇角，「其實我已經決定要原諒你了，賴毅森。」

話音甫落，他便陷入當機狀態，運轉完全比不上資訊更新的速度。

本來，我該緩一緩的，卻又怕沒有一鼓作氣說完，之後就很難再開口，於是便逕自說了下去：「你把我當成最要好的朋友……其實我也一樣。從以前到現在，你都是我人生中最重要的朋友，未來也不會變；可是以後，我不會再無條件遷就跟包容你的任性，對你有什麼意見都會直說，該發脾氣就會發脾氣，這樣，我們才能在對等的立場上好好相處吧。」

難得聽我一口氣說了這麼多話，賴毅森撐大眼眸，好半晌後，才頻頻用力頷首。

我輕輕舒了口氣。

兒時那段最陰暗的時光，是他耐心陪伴在我的身旁。不是情人，是這輩子最無可取代的朋友……這樣，也不錯啊。

從表情判斷，賴毅森本來還想說些什麼，卻被我那番話全打亂了。他點頭後便神情呆滯地張著嘴，臉上還黏著鮮奶油。我眞該照張相發到班群裡，讓大家瞻仰一下女孩們的白馬王子，私底下崩壞的一面。

下一秒，他突然將蛋糕盤移到桌面，旋即仰倒在沙發上開始踢腿、亂吼亂叫，把我嚇了一大跳，整個人原地定格，錯愕地瞪著他近乎發瘋的舉動。

最後，他總算吼了句我能聽懂的話：「啊啊啊——太好了！我今晚終於可以睡得著覺了！我謝天謝地！」

他是笨蛋嗎？

我鬆了口氣，然而緊接著，便目睹他翻過身，用臉在我家的沙發上又抹又蹭。我瞬間感覺到一股火氣直衝腦門，等反應過來時，已經驚呼出聲。

「賴毅森！你把奶油沾到沙發上了！這很難清理你知道嗎！」

就算是最特別的好朋友，該修理時還是要好好修理的。

開學以後，我和賴毅森也回到了以往那般正常的互動，讓親近的幾個人都放下了心中的大石。

不過正常歸正常，我們還是很有默契地避免一些過度親暱的舉止。我也不會再特意等他搭車或陪他留在K館念書，一方面是顧慮到周穎童的感受，另一方面自然是我個人的考量。

既然察覺到正在悄然醞釀的另一份情感，而對方也已經表明了心意，或許我該嘗試著給他一些特殊的權利，藉此試探我們究竟適不適合繼續走下去。

的確，就像賴毅森所說的，我是個太過理性的人，因此不容易衝動地豁出去，就算是喜歡，也要反覆再反覆地確認。

「所以說，到底爲什麼要換座位啊？」

下堂是體育課，走到籃球場的途中，賴毅森幽怨的嗓音陡然傳入耳裡，打斷了我的思緒。

高二下學期，班導以抽籤的方式調換了座位，我、韓尙淵、韓佳音和周穎童的座位依然非常靠近，唯獨賴毅森被隔離到偏遠的角落，周遭全是不熟的女生，也難怪他滿腹牢騷。

「誰教你陷害包子當班長？報應來了。」韓尚淵斜睨著他揶揄。「她一下課就被叫去集合了，到現在還不見人影，托你的福。」

「那天早自習她就預告過要陷害我耶，難道我要坐以待斃嗎？哼哼，當然是先把她推進坑裡啊！有沒有聽說過『死道友，無死貧道』？」賴毅森挺著胸膛理直氣壯，惹得周穎童噗哧一聲，伏在我肩膀上斷斷續續地笑。

韓尚淵白他一眼，「只聽過『我不入地獄，誰入地獄』。」

「那你去啊！你去，高三我們大家就推你當班長，還剛好會遇到大考跟面試，有你忙的！」賴毅森用手肘撞他，卻被反撞回來，兩人就這樣邊走邊打鬧，吸引不少人側目。

「……怎麼覺得他們兩個更適合在一起？」我莫名冒出這個感想。

周穎童將驚訝的目光投向我，大概沒料到我會開這種玩笑，回神後竟附和著說：「好唷，我可以犧牲小我，把毅森讓給尚淵，成人之美。」

我望著走在前方不遠處的身影，忍不住伸手摸了摸自己的額頭。那天無預警被偷襲了一下，害我到現在想起來都還小鹿亂撞的。

這可是連賴毅森都沒做過的親密舉動啊！

「不，我才不要把他讓給賴毅森呢。」我咕噥了句，隨即意識到自己身在何處，瞪大眼看向身旁的周穎童，她訝異的程度和我相比，有過之而無不及。

「你、你們——」她的手指在我和韓尚淵之間比來比去。我趕緊抓住她的手，頻頻搖頭。她壓低了音量繼續說：「果然有什麼對不對？班上女生們都說尚淵很明顯喜歡妳呀，不過妳對他的態度就比較微妙一點……我想，是因爲妳多多少少還放不下毅森的關係吧。」

我早就猜到周穎童對我喜歡賴毅森的事心知肚明，既然他們討論過如何道歉，那麼跟我之間和好的細節，賴毅森應該也不會瞞她，因此聽她直接地說出口，我並不感到意外。

教我意外的是另一句。

班上女生們都說韓尚淵明顯喜歡我，到底明顯在哪裡？完蛋了，原來賴毅森不是遲鈍的ＩＥ瀏覽器，我才是嗎？

「應該算……彼此都還在努力當中。」我眞沒想到，自己第一個分享這件事的朋友，居然是周穎童。

周穎童偷偷覷了前方一眼，見賴毅森仍在盡責地干擾韓尚淵，才湊近我問：「所以他告白了嗎？」

我眨眨眼，咬著嘴唇緩緩點頭，她瞬間興奮得像得到糖果大禮包的小孩，拉著我的手臂左搖右晃，我被告白的當下，都沒有她如此情緒激動。

「姒妍，妳要學著積極去爭取才行呀！如果習慣了退讓或隱藏心意，只會不斷地錯過。妳之前也從來沒有考慮過要和我公平競爭吧？」周穎童佯裝生氣，語氣中卻滿是關懷，「我本來希望可以聽妳親口承認的，也希望藉此多了解妳一點，可惜妳卻只說自己沒有立場管我們要不要交往，把疙瘩放在心裡，實在太壓抑了，我都不曉得該怎麼辦。」

安靜聆聽著她絮絮叨叨，我忍不住覺得，站在賴毅森身邊的，是這樣溫暖又心思細膩的女孩子，眞是太好了。

我漾開笑容，抬起手捧著周穎童的臉頰，輕輕捏了兩下。被我這麼一打岔，喋喋不休的說話聲戛然而止，她呆呆凝視著我，彷彿被貼了定身符般，等我收回手好半晌後才反應過來。

「我、我剛剛一瞬間心動了。」她按住心口，結結巴巴地說，「看見妳那樣笑的時候，這裡好像撲通了一下……『哇，也太好看了吧』那種感覺。」

「心臟萬一不撲通可就糟糕了。」我啼笑皆非，順勢拿她稍早的話來打趣：「不然我問問賴毅森，願不願意把妳讓給我？」

「不願意！」

響亮的大喊，讓我跟周穎童反射性噤聲，雙雙朝前方望去。

只見賴毅森一個大跨步，張開手臂直接將周穎童抱起來劫走。她被帶走時兩眼呆滯，似乎還沒搞清楚狀況，連我都隔了好一陣子才找回反應能力。

發覺韓尙淵一臉愜意地站在我面前，我不解地問：「你們怎麼忽然折回來了？」

「因爲發現妳們落後太多。」他慢條斯理地說，「本來以爲妳們在說女生的悄悄話，才刻意保持距離，沒想到回頭一看，妳突然開始撩周穎童，還說出那種話，賴毅森就馬上衝過來搶人了。」

我縮了縮脖子，吶吶地道：「我哪有撩她？」

「沒有嗎？」韓尙淵邊反問，邊模仿我方才的動作，捧著我的臉頰、翹起嘴角偏頭問道：「這樣，確定沒有？」

等……不是！這不一樣，這是犯規啊！而且附近還有其他同學在，這麼多雙眼睛，他都不會不好意思的嗎？

搶回自己的臉，我退後幾步，連忙用手掌捂住雙頰。完蛋了，溫度好燙，今天太陽沒有很大啊，臉紅成這樣的話，晚點該怎麼向人解釋？都怪他不按牌理出牌。

不行，我要快點冷靜下來。

「你不要看我。」我騰出一隻手指頭繞圈，示意韓尙淵轉過身去。

「爲什麼？很好看啊。」他明知故問。

「別再說了，你眞的很可惡。」我惱羞成怒，微微提高音量。

韓尙淵笑意不減，似乎還想張口反駁些什麼，卻被來自後方的急促跫音打斷。

我還沒來得及回頭察看，便被背後一股力道往前帶去，韓佳音朝我撲了過來，整個人掛在我背上，害我踉蹌了下才重新穩住重心。

「呼，累死我了！從穿堂跑來籃球場有夠遠。賴毅森那個該死的王八蛋呢？我一定要把他吊起來打！不對，我一定要勸穎童跟他分手！」

語畢，她發覺我和韓尙淵雙雙沉默不語，於是歪頭瞧我，又抬眸打量前方的韓尙淵，一頭霧水地鬆開手，繞到前方。

「你們幹麼，站著玩瞪眼遊戲啊？」她絲毫沒有意識到，自己破壞了方才有些微妙的氣氛。

被打了岔，我很快就按捺下浮動的心緒，清了清喉嚨，逕自邁開腳步掠過韓尚淵，往球場走去，讓那對堂兄妹留在原地，好好交流一下親情。

「包子，妳給我過來。」韓尚淵的聲音聽來咬牙切齒。

當這七個字傳入耳中時，我迅速加快步伐。遠遠地，我還能聽見韓佳音鬼叫著在指控校園霸凌……希望晚點我不必去教官室將兩人領出來。

原以爲就此逃過了一劫，孰料體育課前沒能繼續的對話，韓尚淵全都留到了校車上——用手機談。

幸好他不再故意營造令人難爲情的氛圍，只是單純好奇我和周穎童早上的那番悄悄話。

他完全誤會周穎童是在和我聊賴毅森，而我之所以撩撥她，則是在示範賴毅森曾對我做過的諸多親密舉動。他猜著猜著，有點吃味，就沒忍住對我試了一下。

拜託別隨便亂試啊！更何況他吃味什麼？他偷親過我，賴毅森可從來沒有。

我瞟他一眼。

「才不是，我當時只是覺得她囉嗦得很可愛，不知不覺就伸手了。」我思索了會，繼續編寫訊息，掐頭去尾地說：「她一直碎念我太習慣讓步，無論對事還是對人。其實賴毅森跟我和好那天也提過，我老是爲了皆大歡喜，而傷了自己。」

韓尚淵很敏銳地抓到重點，「從周穎童碎念妳那兩句看起來，怎麼像她知道妳喜歡賴毅森？」

「呃，我忘記告訴你這件事了……」我轉頭對他豎起手掌賠罪，接著低頭打字，「沒搭上校車那次，我跟穎童不是聊了好一會兒嗎？她應該在那天就看出來了，陸陸續續大概也有其他人跟她提過，不過直到今天我才眞正確認。」

「結果，妳們這麼和平？」反倒是他感到匪夷所思。

「表面上……我是把糾結放在心裡的那種人，就算嫉妒，也不會把氣出在對方身上，反而會折磨自己。」或許，該說是我不爭氣吧。「穎童就純粹是溫柔，包容力很強。她同樣有負面情緒，可是她通常會選擇去理解跟接受，不太亂發脾氣，這大概是她人緣很好的原因之一吧。」

一個壓抑，一個寬容，所以才如此風平浪靜。

如今都說開了，再加上周穎童清楚我決定放下賴毅森，走向另一個人身邊，彼此就更沒有針鋒相對的理由。

「賴毅森眞是上輩子燒了好香。」韓尚淵難得感嘆了句。

是指賴毅森有周穎童這樣的女朋友很幸運嗎？

「的確。換成是我，一定沒辦法容忍交往對象跟其他女生太過親近，如果早早發現有這種人存在，大概會直接出局。」我認同地附和。

韓尙淵卻莫名回覆：「嗯，我知道了。」

目光流轉，片刻後我才搞懂自己的話對他而言像是種告誡，倘若被我抓到他和別的女生走得太近，他就準備喪失資格。

「我沒有在暗示什麼。」我連忙否認，卻顯得欲蓋彌彰。

「好，妳沒有。」傳送完訊息後，他還很壞心眼地笑給我聽。

越描越黑，我乾脆送他一個生氣的貼圖，要他適可而止。

「不過，妳習慣忍耐、退讓跟成全，大概是小時候的經歷造成的吧。」緊接著，這段話闖進我眼裡，「即使隔了這麼久，還是沒有全然擺脫掉兒時的陰影。那時的妳，爲了不感到太過辛苦，一定每天每天都在告訴自己，只要忍過去就好，別給任何人造成困擾。努力聽話，乖乖順從，就不會被拋棄。」

我訝異地掩住嘴，盯著一句接著一句被傳送過來的文字，每句話都直擊我的內心，讓我壓根兒反駁不了。

的確，每當遇到無法控制情緒，或是需要做出選擇的時候，我的腦海中自然而然浮現的念頭，就是「怎麼樣才能夠適當取悅他人，讓他人不會因爲不如意而拿我開刀」。

比起被傷，自傷反而不那麼痛苦。

除此之外，我對許多事情付出的努力、獲得的成果，也都是爲了迎合他人，甚至是為了避免麻煩、解決困擾，而非打從心底感到喜悅或光榮。

就拿跑步來說，我努力奔跑，並不是我個人想獲勝、想突破自我才如此投入。

我曾經發自內心為了自己，竭盡全力地奔跑過嗎？

「雖然妳也不是完全不會反抗……至少差點被打的那次就反抗了，心思被看穿時也會轉換成尖銳的態度來防衛，但面對重要的人，以及多數人的壓力時，妳恐怕還是會不知不覺走老路。」

可想而知，我會成為賴毅森的神燈精靈，便是這個緣故吧。

「但已經沒事了，梁姒妍。」這句話以後，隔了好一陣子，他才將剩餘的話語全數傳送，「現在，妳不必再一味地忍耐跟順從，也不必違背心意退讓，成全別人。妳以為可能拋棄妳的人，其實從來沒想過要拋棄妳。妳可以放心地笑，放心地哭，做妳自己想做的事，這都是不用獲得允許的，是妳本來就擁有的權利。」

我本來就……擁有的權利？

仍在仔細咀嚼整段訊息，我的餘光瞥見韓尙淵收起手機，將書包背帶拉到肩上。我抬眸一瞧，才發現他下車的站點居然就快到了。聊得太投入，連光陰的流逝都比平時更加悄無聲息。

那我現下的情感，是否該稱作依依不捨呢？

發覺我目不轉睛地望著他，韓尙淵抬手摸摸我的頭髮，柔聲道：「明天見。」

我怔怔然頷首，在他下了車後，將視線迅速挪往窗外。關上門的校車開始移動，心有靈犀般，他停下步伐回過頭，揚手朝我的方向揮了揮。

心裡一動，我總覺得這一幕似曾相識，卻又想不出個所以然。

看著韓尚淵逐漸模糊的身影，我心想，多虧有他，我才摸索出那道長期以來困住我的枷鎖。

深受往日記憶影響，直到現在，我依然偏執地認爲，大方微笑和哭泣會引人反感，因此從不願過度表露情緒，嚴重時，甚至覺得笑跟哭都是罪過，會招來懲罰。潛意識裡，我依舊把自己當成奶奶口中那個毫無用處的小孩，既然想留下，就必須沉默服從。

賴毅森常常對我說，他覺得很少有事難得倒我，可我始終非常自卑。

幫別人加分的時候，我也在心裡不斷地替自己扣分。

是我，自己將自己綑綁了，綑綁在早就不存在的奶奶的控制之下。

「妳該走出來了吧？」握緊手機，我啟口喃喃。

明明身邊有那麼多對我好的人，爲何我硬要回頭看？

我已經與過去的陰霾糾纏了太久，而現在是一個契機——走出往日傷痛的契機。

重新滑開螢幕，我觸擊小鍵盤輸入文字，誠摯地道：「謝謝你，韓尚淵。」

也謝謝一路以來開導過我的所有人。

假如未來，我能成爲更好的自己，那一定是，託了你們的福吧。

找出了癥結以後，我開始學著跟隨心意、展露自己的笑容，且在感到生氣或沮喪時，也不再盲目地隱藏和壓抑，會嘗試以恰當的方法傳達心情，讓正在溝通的對象理解。

多數人都對我的轉變感到開心，表情變多了以後，我的形象似乎也沒像以往那麼難以親近，越來越多同學會主動找我說話，甚至大膽地開玩笑。

而玩笑中，有一大半都與韓尙淵有關。

起初，我多少還會澄清一下我們不是班對，後來我乾脆放棄了。首先是同學們並不相信，再來是隨著關係逐漸邁向穩定，我好像也不用特意說明了，免得一下否認一下承認，反而造成混亂。

相較於異性朋友多的賴毅森，韓尙淵的表現就很教人安心，至少我不曾見過他與其他女生互動親近，如果有，那八成是正在被教育的韓佳音。

而其餘的兩成，或許並不存在吧？

直到某次社團課的休息時間，我偶然看到了那一幕。

用雙手抱著寬紙箱的韓尙淵，和一名女孩邊交談邊從樓梯處走來。後者的表情和肢體動作豐富，說到激動處還伸手去挽韓尙淵的手臂。

似是見韓尙淵神情無奈地偏過身閃避，女孩瞬間僵住，但半晌後又露出更加燦爛的笑容。

那個女孩應該也是漫研社的社員，她開了社辦的門後，一蹦一跳地繞到韓尙淵的後方，將他推進去，大聲嚷嚷著什麼。

從她制服左胸口的槓數來判斷，那應該是個高一的學妹，俏麗的短捲髮染成甜甜的奶茶色，眼睛圓圓亮亮的，綻開笑容時十分迷人。

我剛才原本在瀏覽公告，因此站在布告欄前，旁邊恰好有塊宣傳活動的大立牌遮擋，因此韓尙淵並沒有留意到我就站在附近。

旋過身，我靠到牆上，深深吸了口氣。

這樣不行啊，又不是太過親密的接觸或踰矩的互動，更何況韓尙淵還是被動接受的，我怎麼就不開心了呢？

一定是平時很少看到他跟我不熟悉的女生有所交流，心裡才在不知不覺間把標準提高了吧？那其實沒什麼大不了。

別亂想，別亂想，別亂想。

默念了無數次後，我再次深呼吸，移動腳步，回到文學社的社辦。

結束社團活動後，我往一樓走去，正巧遇到熱舞社的周穎童和侯欣怡等人，他們也剛結束練習不久。

見侯欣怡面對我時依然無法和顏悅色，我原想跟周穎童打個招呼就先行離開，不料她卻叫住了我，並與其他人道了再見。

看樣子她是打算跟我一起回教室了。

我邁開步伐，而周穎童也跟了上來，悄聲問道：「怎麼啦，姒妍？妳的臉色看起來怪怪的，感覺心情不好。」

我愣了愣，還以爲自己掩飾得很好，沒想到居然那麼明顯嗎？

即便被看穿了情緒，我也沒打算將理由說出來，畢竟這只是我個人在鬧彆扭，和她分享這種事，還滿不好意思的，說不定還會被取笑。

「會嗎？」我刻意揉揉眼角，「可能剛剛看了兩堂課的小說，印刷字太小了，才有點疲勞吧，休息一下應該就好了。」

周穎童對我努了努鼻子，顯然清楚我在和她打馬虎眼。

「讓我猜猜。」思索片刻後，她豎起食指問：「難道是尚淵做了什麼事，讓妳不高興了嗎，還是你們有什麼誤會？」

我瞬間瞠目結舌。她哪時候在我肚子裡養了蛔蟲？

透過我的反應，周穎童得知自己猜對了，便道：「因爲我實在想不出有別的事能讓妳苦惱啊。」她關切地問：「妳和他談過了嗎？」

我遲疑半晌，搖搖頭。畢竟事情才剛發生不久，我還找不到時機和他說，再加上我左思右想，都覺得自己太大驚小怪了，根本沒必要拿這件事來質問他。

周穎童嘆了口氣，勸慰著說：「姒妍，妳總要聽過他的解釋，再來決定要不要修理他啊！等確定眞的是他的問題，用兩倍力氣暴打他都不遲，獨自生悶氣有什麼意義呢？萬一他沒錯，妳卻連平反的機會都不給，自己種下芥蒂，那你們雙方都會很可憐。」

聽見前面幾句，我忽然對賴毅森的未來懷抱憐憫，不過他本來就常常皮癢……愛的教育，鐵的紀律嘛，應該的。

「其實我們也還沒在一起，我找不到立場干涉他要……」話才說一半，就被周穎童打斷。

「妳又來了！」她使勁拍了我的手臂兩下，嗓音也透著薄嗔，「好，妳要說立場——尙淵在告白的同時不就給妳了嗎？妳並沒有拒絕他呀，結果自己丟著不用，硬要說沒有立場，我都要爲他哭了。」

我合上嘴。這我倒是……從來沒有想過。

沉吟一陣子後，我才朝她輕輕頷首，承諾道：「今天搭車的時候，我會問問他的。」

周穎童露出鬆了口氣的表情，很快又蹙眉，往我手上被她拍痛的位置輕撫，像是在後悔不該用那麼大的力道。

我卻感謝她這一拍，讓我清醒了不少。

按照約定，放學時，我在走往校車停駐點的途中，努力思考著該怎麼向身旁的韓尚淵開口。

不知道是不是因爲我的神色有些微妙，他偏過頭來打量了我好幾次，最後終於忍不住出聲。

「我對妳來說有這麼難聊天嗎？」他的嗓音裡摻雜著笑意。

我癟著嘴，感覺有股怨氣直衝腦門，不由得脫口而出：「沒有我跟你聊天也無所謂，你有可愛的學妹啊。」

他聞言，步伐略微凝頓，重新起步時，彷彿在我的心湖踩出了漣漪。

「學妹？」他一時間聽不明白，態度卻陡然變得認眞，耐心追問：「哪裡的學妹？妳要說得仔細點，我才能聽懂妳究竟在指誰，或是有人亂傳了什麼。」

察覺他收起了促狹的口吻，我無比訕然，垂眸片刻後，才斷斷續續說出今天在社團教室外看見的情景，說完了也不敢偷瞄他。

記得他曾說過，還未確立雙方關係前，應該不至於要求對方和其他異性保持距離，而我卻是他觀念中的例外。

他大概很困擾吧。

可韓尚淵接下來的回應，完全出乎我意料之外。

「那應該不是妳的錯覺或小題大作，她某些刻意的舉動，我多多少少也注意到了，之後不會再像今天一樣跟她獨處，有必要的話，我會再和她說清楚。」他非但沒有否定我的感覺，甚至將他的想法坦誠以告。

我連可能和他發生爭執的覺悟都做了！結果他完全不生氣，以至於我現在居然產生了莫名的落差感。明明這才是正向的發展啊。

誰曉得，下一秒他就拍了拍我的額頭，幸好力道遠不及下午時的周穎童。

「還有，別再說『無所謂』了。是因爲我沒有明確說過那句話，妳才不相信自己對我而言很重要嗎？」

「哪句話？」我按著前額，腦袋還沒將資訊消化完，便直覺反問。

「我喜歡妳，一直都只有妳。」他將側背的書包推到身後，傾身湊近並壓低嗓子問道：「那妳現在是在吃醋嗎，梁姒妍？」

這顆不但是直球，還是觸身球，把我整個人砸得頭昏眼花，差點就要連路都不會走了。

回過神後，我連忙將他推開，細聲埋怨：「哪有人這樣的……」

「我。」韓尙淵指著自己，將眉一挑，隨後，神情又轉爲柔和，「之後如果有什麼不愉快，都像今天一樣直接說出來吧，我們兩個都是。當然，我也會盡力不讓那種事發生。」

不知怎麼地，我的內心毫無遲疑地相信了這番話。

在他面前，即使難受哭泣也沒關係，連懷抱的疑問和顧慮都能直言，不必擔心會被討厭或嫌棄。我所在乎的，大概就是這樣相互尊重和包容的態度吧。

唯有如此，才能自然而然地衍生出信任。

「好，」我露出微笑，誠摯地應允，「我們一言爲定。」

「一言爲定。」語落，他也同樣抿彎了唇角。

也許，無須長久的光陰淬鍊，我就已經……比想像中更加喜歡他了。

無論戀愛運還是抽卡運，大概一股腦兒全在你身上開花結果了吧。

第九章　遞嬗不息

四月初，得開始籌備高二下的重頭戲——英文話劇，大家很快又變得忙碌起來。演戲部分，大多數人都不會聯想到形象文靜的我身上，因此我得以逃過一劫。學期初把韓佳音推入火坑的賴毅森，這回就沒這麼幸運了，選主角時，他直接高票當選，囊括了大半戲分；韓佳音以公務繁忙爲由推掉了配角提名，卻自願擔任導演，感覺意圖不太單純。

我和韓尚淵同是背景道具組的成員。道具組須負責各個場景的布景繪製，以及製作道具；此外，上臺移動、更換布景以及擺放道具，也都是我們的工作。

經過幾週與演員、服裝組的反覆討論，我們順利決定好布景的數量和道具清單，卻在約集合時間和場地的部分卡住了。

由於學校假日固定不開放，我們只能在放學後留校作業。然而，部分組員幾乎天天都得補習，難以配合平日的趕工行程，再加上留校時間最晚也只到六點半，時間一到，除了行政處室跟K館以外，各建築都會熄燈，樓梯口的鐵門也會隨之放下，無法出入。

好不容易敲定了，週末在之前打球的社區活動中心集合，那邊戶外有幾張大石桌，可作爲工作臺來畫布景，豈料當週居然開始下雨！

根據氣象報導，陰雨天氣會一直持續到隔週，這就罷了，連室內球場都因爲整修而關閉，想溜進去利用球場旁邊的空地也不行。

「怎麼辦，還是我們要到火車站附近，找那種有桌子的店家借場地畫？畢竟戶外的場地現在都不能考慮了。」

「不太好吧……感覺會干擾人家做生意，而且現場有水、顏料什麼的，會弄得很亂。」

下課圍在一起討論對策的組員們，說著說著，目光不自覺集中到我這名組長的身上，似乎期待我能想出一個完美的解決辦法。

「還是……」我抿了下唇，提議道：「如果大家不嫌遠的話，要到我家來畫嗎？坐學校外面那一路的公車就能到。我家樓上有一間和室，空間應該算大，把東西稍微移動一下就可以了。」

「姒妍家在哪裡啊？」有名組員立刻追問，「會不會給妳家人造成困擾？」

「在我家對面啊！」閒晃到我的座位附近的賴毅森忽然插話，發覺眾人看他的眼神啼笑皆非，才恍然大悟，補充了附近一個顯眼的地標。「只要別對瑪丹娜亂來，她爸都不會有意見啦！重點是畫完要整理乾淨喔，不然姒妍會抓狂，她的潔癖超級嚴重。」

聞言，我給了賴毅森一記凌厲眼神，拿出筆袋內的橡皮擦扔他，卻被他一把抓住，還露出嘻皮笑臉的模樣。

「是因爲她怕蟲吧？各種蟲。」韓尙淵若有所思，而後轉向我，「保持乾淨的話，蟲就沒機會出現，所以才有潔癖。」

彷彿被人掌握住弱點，我反射性縮了縮脖子，囁嚅道：「你幹麼直接說出來啊……」

我罕見的反應，讓同學們不禁笑鬧起鬨，於是我索性掩住臉當鴕鳥。

「話說瑪丹娜是誰啊？」有人慢半拍地好奇。

賴毅森調皮地賣著關子，不肯說明。我覺得幫車取名字有點羞恥，乾脆裝作沒聽見，結果這問題就暫時被擱置了。

「我家人這兩個禮拜去外地工作，不用怕尷尬。」我拿出手機，搜尋了下公車的路線圖，「等等我把地址跟交通方式發在群組，有問題的人就在群組發問吧！禮拜六九點半在公車站集合，我去接你們，可以嗎？」

有了適合的場地，大家也對時間沒有意見，於是便如此定案。

週六，依然是令人煩悶的陰雨天，幸好雨勢稍微變小了，我前往公車站把組員們接來家裡時，大家都沒什麼淋溼，不過卻多了個我預期外的人——跟著堂哥過來湊熱鬧的韓佳音。

趁大家在門口脫鞋子時，我指著一旁的白色轎車道：「這就是你們之前好奇的瑪丹娜，我爸的小老婆。絕對不能對它胡作非爲喔！我爸會咬人。」

眾人或呆立、或面面相覷了一陣子，等反應過來後，立刻笑得人仰馬翻，韓佳音尤爲誇張。

我摸了摸鼻子，逕自打開鐵門，從鞋櫃裡拿出室內拖。

由於早就分配好了工作項目，待我們上樓來到和室，整理好用具後，所有人也不囉嗦，分成幾個小圈圈，各自占據和室的一隅，即刻動工。

韓佳音是臨時加入的，便主動過來幫我製作些簡單的小道具。

眾人埋頭忙碌，時間不知不覺就來到了中午。賴毅森打了通電話過來，說要請大家吃飯，還傳了張附近餐館的菜單給我，要我統計完後回傳給他，他再去跑腿。

我猜，八成是他爸媽聽說了有群同學聚在我家趕話劇布景，才吩咐他這麼說的吧！或許連錢都不是他出的，都怪我太瞭解自己這位竹馬。

直到將近一點，賴毅森按了電鈴提醒大家吃飯，眾人才陸續停下手上的動作，嬉鬧閒聊著離開和室。

我由於手上的工作只差一點點就能完成，便打算等做完再下樓吃飯，反正一樓有賴毅森在，想找什麼他幾乎都熟門熟路的。

「咦，姒妍，這是妳的畢業紀念冊嗎？我可以看嗎？」韓佳音的嗓音忽然從背後傳來。我回過頭，才發現她還待在和室裡，打量放在牆邊的小矮櫃。

去年，我爲了清出多一點空間放書，就將原本收在房間的畢業紀念冊跟相簿都挪到了和室，沒想到被她注意到了。

我點點頭，「可以啊，妳自己拿吧。」

她歡呼一聲，抽出了小學的紀念冊，問明我在哪個班級後，隨即翻閱起來，邊翻邊隨口說道：「妳跟韓尙淵讀同一所國小耶！不過他升小六的時候轉去北部了，後來國中也在北部念，高中才又考回來的。」

「小六才轉去北部嗎？」時間點眞奇怪。

「因爲我大伯工作的關係啦！可是之後再有調動，韓尙淵也不會跟著過去，他好像想留在這，反正都快高三了，可以自己照顧自己。」話音甫落，似乎想到什麼般，韓佳音換上一副爆料糗事的面孔，「跟妳說，他小學有段時間超搞笑的！一不小心就會在公車上睡死，到終點站才被司機挖起來。後來幸好有個同車的人都會幫忙叫醒他，他才沒再坐過站。而且對方好像還是個女生喔！根本遇到天使。」

我剪了段雙面膠，將手中的道具黏合。「不只以前吧，他現在還是常常在車上睡著……」

將製作完畢的道具擱到地上，說著說著，我心裡一動，無數畫面突然紛紛躍進腦海，像是久遠的記憶被轉動了發條，相接的齒輪和軸承逐一運轉啟動，模糊的臉孔漸次清晰，那些令我感到似曾相識的場景跟對話，原來都不是錯覺！

如今有了明確線索，總算全都串連起來了！

「那時候，果然是妳啊。」

壞蛋！難怪他老是意有所指，偏偏又沒一次肯講清楚，要我自己猜。萬一我永遠都沒想起那些回憶，他不就白費工夫了嗎？

我急忙追問：「妳知道他是搭哪一路的公車嗎？」

韓佳音面露困惑地搖頭，「他剛說賴毅森call他下去幫忙，不然妳晚點問他？」

我等不及了！

起身穿上拖鞋，我無視身後韓佳音的叫喊，快步往樓下奔去。見廚房裡沒有我正在尋找的身影，又轉頭朝外跑去，韓尚淵和賴毅森果然在門外！他們剛從外送員手中接過裝著飲料的袋子，欲轉身進門時，便和我碰個正著。

我吸了口氣，走到韓尚淵面前。

礙於賴毅森在，有些往事不方便當著他的面說，我左思右想組織了好幾秒，啟口時仍稍嫌語無倫次，「韓尚淵……蝴蝶，你是那個『蝴蝶』嗎？」

「蝴蝶？」他神情含笑地望著我，似乎對這天外飛來一筆感到有趣。

「什麼蝴蝶啊？」一旁的賴毅森滿臉不解。

「賴毅森，你記得小學某一次搭公車時，有一隻蝴蝶停在我的頭髮上，我怎麼搖頭牠都不肯走嗎？」偏偏我還很怕蟲，即便是大多數人都喜歡的蝴蝶，我也避之唯恐不及。

「有一點印象。」賴毅森歪著頭回想，「我是不是說妳偷吃甜的，所以牠才巴著妳不放？」

「對，而且我求你把牠趕走，你還不肯，說什麼蝴蝶髮夾很漂亮啊！」隨著我將細節接連描述出來，我留意到韓尚淵的眼神逐漸有了變化。「最後是那個常常打瞌睡的男生，在下車前順手把牠抓走的。」

固定同車的人，我看久了都會認得，也不自覺記下了這些人上下車的站牌。但會特別留心關注他，是因為有回他發覺自己坐過站了，匆忙之際便隨著我和賴毅森下車，在不熟的地方左右張望了好一陣子，才過馬路到對面，準備搭乘反方向的公車。

當時賴毅森還偷偷嘲笑人家是笨蛋。

雖不擅長和不熟的人交談，但拍醒他只是舉手之勞，基本上連句話都不用說，因此之後，每當我發現他快到站了卻仍在昏睡，就會提前將他從睡夢中扯出來，免得他又坐過了頭。

他第一次被我拍醒時，望向我的目光略顯慌亂和驚訝，等慢慢習慣之後，便會低著頭輕聲道謝，而我同樣會低聲回他一句不客氣。

說來有趣，我們從前的小互動總是這樣一來一往的，彷彿暗中商量好的默契。

擔任值日生那次，我在科任辦公室門口差點出糗時，是他幫了我，讓我不至於跌倒受傷。

再後來的園遊會，我偷偷將大獎的籤換給了他，而他則是在學校裡繞了一大圈，只為將作為回禮的巧克力奶茶送到我手中。

所有發生過的事情裡，最令我印象深刻的，莫過於他幫忙帶走了讓我感到困擾的蝴蝶。

如今回想起來，那一幕忽而變得清晰——走下車的他打開手掌放出蝴蝶，不經意回頭時，正巧和我的目光對上。我因訝然睜圓了雙眼，而他揚起靦腆的笑，朝我揮了揮手。

尚未長開的五官輪廓，卻已經有了現在的雛形。可惜……當時的我們居然一次都沒有問過對方的名字，這導致小六時他搬家，不再出現在公車上後，我雖感到納悶和擔心，卻也無從打聽。

「韓尚淵，那是你嗎？」我不厭其煩地再問一次，「那個幫我抓蝴蝶的男生，是你嗎？」

他靜默片刻後，終於輕笑了聲，「糟糕，居然被妳逮到了。」

穿越了數年的光陰，當年那位含蓄的男孩再次來到我的面前，彷彿從未自我的日常中抽離，我甚至不曉得他從哪天開始，便一直耐心地在近處守候。

「真的假的啦？你那時候看起來超呆的耶！」賴毅森浮誇地嚷嚷。

「你看起來倒是跟現在差不多白目。」韓尙淵不遑多讓地回敬了句。

我啼笑皆非地聽著他們互相調侃，欲言又止。沒想到這次，竟是賴毅森先注意到了，他朝我扮了個鬼臉後，伸手搶過韓尙淵手中的那袋飲料。

「好啦！跑腿工先進去送喝的了，你們兩個就繼續敘舊吧！我會攔住人不讓他們出來打擾的。」口吻戲謔地說罷，見我斜眼睨他，賴毅森連忙腳底抹油開溜，免得又被修理。

周穎童絕對跟他透露了什麼吧。

我好氣又好笑地收回視線，一抬眸，便和韓尙淵四目相對。相較於我，他的容貌變化就大多了，難怪我雖有幾次覺得眼熟，卻遲遲沒有想起來。

「爲什麼之前都不說？」我的語氣透著嗔怪，「你很早就認出我了嗎？」

「不是刻意不說……單純找不到時機，更何況也不確定妳記不記得我。假如妳忘了，或根本不在意那些事，我卻忽然認親，雙方都會很尷尬吧。」他微微垂眸，眼神柔和，令人心動。「新生訓練那天，在校車上偶然看見妳時，我就認出來了，之後還發現我們同班，妳都不曉得我當下有多激動。」

「等於一開始就知道了？」我無比訝異，納悶地道：「但你高一幾乎沒跟我說過話啊？就算下學期坐在我後面，也很少聽你開口。」

「因爲……當時不能這麼做啊。」他放低了音量，無奈地回應，「妳已經有男朋友了，對方還是我也知道跟見過的那個人，再更靠近的話，萬一我變得越來越喜歡妳，甚至無法克制了，那該怎麼辦？」

不願造成彼此的困擾，因此寧可當個交情淺薄、話都說不上幾句的同班同學。我以爲喜歡著賴毅森的自己已經很傻了，可他竟然有過之而無不及。

值得慶幸的是，傻氣久了，總能換來運氣。

我意味深長地問：「所以你突然改變想法，是因爲那天，不小心聽見我和賴毅森的對話嗎？」

「是啊。」他抬起手，手指穿過了我的髮絲，輕貼在我的頰側，突然笑道：「現在想想，當天的抽卡運奇差無比，肯定是因爲我得到了能夠接近妳的機會吧。」

「意思是我吃掉你的好運了嗎？」我按住他的手掌，偏頭問道。

「不是，」韓尚淵望著我的眼睛，徐緩而認眞地說道：「妳就是我的幸運。」

——能再次與他相遇，才眞的是我的幸運。

以前的我，從來不曾思考過除了賴毅森的身邊，還有哪裡能是我的歸屬。我的世界太過狹隘，只能不斷失去，卻無法積極地主動爭取什麼。

多數時間，我都覺得固守原有的事物就好，除此之外，我也不配擁有太多。

直到韓尚淵闖了進來，告訴我，只要下定決心，哪裡都能成爲我的世界。

就算從前那段暗戀只能寫成悲傷的歌又怎樣呢？等悲傷過去，我還會有屬於我的，下一首情歌。

鬆開手，我向前一步，環抱住他的腰際，微顫的嗓音中透出感激和欣喜，「韓尚淵，我喜歡你，眞的很喜歡你……也許在我還沒意識到的時候，你就已經在我心裡了。」

話音甫落，他傾身將我擁緊，猶如在出乎意料的情況下得償所願般，試圖確認這一切並非他幻想出的情節，而是不會忽然消逝的眞實。

「這不是騙人的吧？」他在我耳邊悄聲問。

我登時起了捉弄他的念頭，「嗯，是騙人的。」

「我不相信。」孰料他竟直接退開，捧著我的臉正色道：「妳再重新說一遍，我不想聽謊話。」

我忍不住笑出聲來，眨了眨眼睛，而後凝視著他專注地說：「我喜歡你，這是眞的……」

話還沒說完，我便再度被納入溫暖的懷抱中。感覺太幸福了，我完全無法抑制嘴角的上揚，原來發自內心感到高興的時候，連表情都難以維持平靜。

下一秒，韓尙淵突然搞笑地感嘆：「怎麼辦，我現在有種下禮拜抽卡活動會沉船的預感，我的好運該不會都用在今天了吧？」

「那麼，剛剛說的都要作廢嗎？我個人不急於一時喔，全部當成開玩笑也可以。」我很佛心地給他選擇，當然夾雜著些故意的成分。

「絕對不行。就算沉船，我還有妳這個祕密武器啊！」他一副信心十足的口吻，隨後又感性起來，「我們已經錯過太多，如果可以的話，我想盡最大的努力，和妳共度每一個可能的未來。」

「……好。」我在他懷中頷首，只覺得整個人像被浸在蜂蜜罐子裡，連呼吸都充滿甜意，「我一定會很期待，那些跟你一起迎接的未來。」

想必都會如同這一刻般，深刻而珍貴吧。

後來，我和韓尙淵回到廚房的時候，組員們表面上在吃飯，實際上卻一個個都在用曖昧的眼神打量我們倆，並露出心照不宣的表情。

韓佳音瞇著眼睛不懷好意地笑，似乎想開口發表意見，但立刻被賴毅森用小動作跟目光制止了。

不過，就算她出聲揶揄也沒關係的。

因爲從今天開始，我和他，就眞正成爲了「我們」。

正式交往以後，我們在公開場合的互動幾乎沒有太大的變化，多數時間依然低調，只有偶爾韓尙淵心血來潮，會忽然做些連我都防備不及的親暱舉動。

不過，要比放閃程度，我們絕對及不上賴毅森和周穎童的一半。

即便如此，有他在身邊的每一天，我都過得心滿意足。

賴毅森和我透露，其實小學三年級，我昏倒的那一次，是坐在後方單人座的韓尙淵先發現不對勁，伸手托住了即將倒向走道的我，並出聲喊叫，才引得坐在前方的他轉頭看了過來。

那才是我們眞正的第一次接觸。

怪不得和韓尙淵說起這件事時，他會冒出那句教我困惑的突兀發言，畢竟我壓根兒不記得他在現場，當時也素昧平生。

時光飛快流逝，不知不覺間，我們便已攜手走過了第一個月、第二個月，並穩定地邁向第三個月。

起初，我還以爲只有自己在悄悄記錄著時間，後來才發現韓尙淵居然也能不經思考，就準確說出當天是我們交往的第幾天。

光這一件簡單的事，便能讓我雀躍很久。

六月的最後一次社團課，活動中心十分熱鬧，某幾個社團似乎聯合舉辦了團康交流活動，在一樓玩得不亦樂乎；相較於這些活潑的社團，以靜態活動爲主的文學社便溫和許多，我們末次社課的活動是——整理環境。

我們將社員的分享報告以及社課照片按時間歸納，裝訂成成果冊，並徹底打掃社辦，最後再歸還本月從圖書館借來的書籍和幾個大書箱。

「不好意思，還麻煩你們陪我跑一趟，我一個人實在拿不完那麼多東西。」和社員們從圖書館走回活動中心的途中，于煥鈞忽然開口。

我瞥了眼前方已走得稍遠的其他社員，發覺附近好像只剩下我一個人可以回應他的話，連忙啟口：「是大家一起借的書，都讓你還才不好意思，況且圖書館也沒有很遠，把書還完了你才能放心卸任啊。」

等升上高三，就不會再有社團活動，過了今天之後，我們便不會再像今天一樣聚在一起。都到最後了，就一起好好收尾吧。

于煥鈞聞言，輕扯嘴角。不知怎麼地，我嗅到一絲悵然的氣息，但不確定是為了什麼。

莫非他是捨不得卸任嗎？對於當各種幹部都興致缺缺的我，實在無法理解這種心思，於是我只能禮貌性地投以微笑。

回到活動中心，剛走出二樓的樓梯間時，他出聲叫住了我。

「姒妍，妳等等社課後有事嗎？」他的神情微妙，堅決中帶些訕然，教我一頭霧水。「我有些話想告訴妳。」

思索片刻，我開口道：「也沒有什麼馬上要做的……」

話才說一半，我的目光便被小廣場那頭乍起的吵鬧聲吸引。社辦就位在小廣場側邊的漫研社似乎也在辦活動，部分社員換上了特別的服裝，在廣場上嬉鬧。

我一眼便認出了身在其中、背對著我的韓尚淵。

他穿著一身以白色為主、黑與灰藍色為輔的裝束，看起來像是某種制服。他的身邊站著一名身材纖細的女生，她穿著類似款式的裙裝，戴著白色假髮，導致我難以判斷是不是先前看過的那位「學妹」。

同樣待在小廣場的韓佳音，也換上了紅灰相間的制服百褶裙，胸前繫著蝴蝶結，頭上頂著橘金色的短假髮，看起來俏皮又青春，此時正拿著手機四處幫忙拍照。

隨後，戴著白色假髮的女孩轉頭對韓尙淵說了些話，雙手比劃了個動作，使得韓尙淵直接往旁邊跨一大步，拉開距離，讓我看了發笑。

女孩並不氣餒，不依不撓地靠過去用力抱住他的腰，硬是不放手。韓尙淵掙扎了好一陣子，周邊的社員都在大笑，最終他投降了，彎身用公主抱的方式將女孩抱了起來，讓歡呼起鬨的眾人拍照，對方甚至還摟住他的脖頸。

我不清楚自己眼下是什麼表情，肯定不太好看吧。

以前，我老是覺得自己沒有立場不開心，可是等眞的有立場了，又覺得自己心胸太過狹窄。明明可以一笑置之的事，我偏要如此嚴肅地看待。

也許，我不是不相信他，而是討厭意志薄弱的自己。

「那不是韓尙淵嗎？玩得還眞瘋。」于煥鈞應該不曉得我和韓尙淵的關係，此時還用透著笑意的嗓音調侃。

我下意識握緊雙手，讓呼吸趨於平緩。

「我突然想起來……剛才好像不小心把自己另外借的書，混到要歸還的書裡面了。」我硬掰了個理由，只想趕快離開現場，「我先去圖書館拿，晚點可能會直接回教室，有什麼話方便之後再說嗎，或者我再傳訊息問你？」

幸好，由於提前知道今天要大掃除，我並沒有帶任何多餘的物品來社辦。

「啊？如果也是要還的書，就放著一起歸還無所謂吧！」于煥鈞陡然慌張起來，大概沒料到我會這麼著急著走。

「不是，是我還沒看完的書，我打算帶回家繼續讀的。」見他仍想接著說，我趕緊朝他頷首，旋即轉身快步跑下樓。

等跑出活動中心一段距離後，我才緩下步伐，靠到一旁的牆面，閉起酸澀的眼睛，按住胸口喘息。

結果，我又選擇了逃避。

我在心裡找了很多藉口，告誡自己不能過去破壞氣氛、擾人興致，介入其他社團的活動……況且當面指責，也會使人難堪，應該等獨處時再說。說不定想著想著，晚點我就自己想開了……

呵，那是不可能的吧。依我的性格不光會忍耐，還會鑽牛角尖。

要等放學的時候再問他嗎？像上次一樣。事後再把不愉快通通說出來，彼此講開了，肯定就沒問題了吧。

無論我現在有多不高興，都不該衝動地過去質問，反正只要之後和他說清楚，一切就會好起來吧。

但我為什麼要這麼理性，逼自己壓下情緒呢？我總是習慣先顧慮別人的感受，無法好好關心當下的自己。

「不是都說好要走出來了嗎？」我喃喃地問。

周穎童就提過，我必須學著積極爭取，別老是逃避跟隱藏心意，壓抑著情緒，對自己的心理一點都不友善。

更何況，對象不是不相干的人，是韓尙淵啊！

這不就是該爲自己竭盡全力奔跑的時刻嗎？

抿起雙唇，我回過頭，毅然邁開步伐，朝活動中心跑去。

當我來到二樓時，韓尙淵已經將戴白色假髮的女孩放下，環起雙臂靠在社辦外頭的牆上。

我剛呼出一口氣，就瞥見眼熟的身影再度鬼鬼祟祟湊近他，指著小廣場的方向朝他示意。韓尙淵挑眉沉默片刻，居然直接起身用手臂勾住對方的脖子，讓正走向小廣場的我胸口一窒，停下腳步。

本來都以爲他是被動的，這下該怎麼解釋？

「啊，姒妍！」望見我的韓佳音揚聲叫喚，伸手朝我揮了揮。

這瞬間，我突然感到不對勁——韓佳音知道我跟韓尙淵正在交往，那這當下，她怎麼沒想過要幫忙掩飾，或提醒韓尙淵停下動作呢？她似乎一點都不擔心我會介意韓尙淵和那個女孩的互動，反倒大大方方地跟我打了招呼。

緊接著，韓尙淵也朝我的方向拋來目光，發現眞的是我後，立刻鬆開右臂，扔下被他夾住好半晌的人，快步走來，笑吟吟地牽起我的手。

這個態度好像……太自然了……

「你們在……」我怔怔地開口，隨即噤聲。

在我的視線前方，白色假髮已經歪了一邊的「女孩」，索性摘下假髮，露出底下短短的五分頭。

他搔著髮頂轉過身來，映入我眼底的，是張相當秀氣的臉孔。雖說五官偏向中性，還化了漂亮的妝，令人難以分辨，可他一出聲，明顯低沉的嗓音，馬上暴露了性別。

「韓尙淵！社辦前方公然放閃，你還有沒有把我這個未脫單的社長放在眼裡？」男扮女裝的社長咆哮之際，還不忘重新戴上假髮。

韓尙淵的表情頓時轉爲意興闌珊，「今天已經算很配合你們了吧？別再煩我，反正快下課了，我要去把衣服換掉。」

這時，韓佳音湊過來悄聲道：「社長社長，偷偷跟你說，她就是幫韓尙淵抽到三張五星卡的那個人喔！據說第二次還是十抽內兩張。」

彷彿聽到什麼不可思議的奇聞般，漫研社社長瞪圓了雙眼，回神後又搓了搓雙掌，認眞問我：「同學，我能跟妳握個手嗎？」

「你滾。」韓尙淵迅速拉著我，轉過身，擋在我的前方。

「韓尙淵，讓三次元的女友幫你娶二次元的老婆，你根本計畫通嘛！」漫研社社長大聲調侃。

「什麼意思？」沒聽懂的我抬眸，好奇地注視著韓尙淵。

「那你是羨慕還是嫉妒？」韓尙淵回頭，嘲諷地問了句，隨後收回視線，低聲向我解釋：「是個開玩笑的比喻，因爲卡片上都是女角色，他們都說抽卡叫『娶老婆』。」

恍然大悟的我點點頭，目光不經意挪往一旁時，才注意到先前曾看過的學妹，正待在小廣場另一側的角落，和另外幾位漫研社的社員聚在一起拍照。

原來從頭到尾都是我誤會了，還自顧自地難過，沒想到根本是誤會一場。

不過，幸好我選擇回來確認了，否則等到放學時間，情緒已經冷卻，我說不定就不會主動向他問明這件事。若不問，這件事恐怕就會變成一根埋在心裡的刺，何時會引發疼痛也未可知。

考慮再三，我決定在放學時間，把下午的烏龍事件告訴了韓尙淵。

起先，他有些訝異，反應過來後卻也沒責備我胡思亂想，而是從容地取笑我又在吃醋。

「難道只有我很介意這些嗎？」我忍不住咕噥。

「我也會啊。」他坦白地說，「妳找于煥鈞借卡式爐那次，我就很介意他的態度跟眼神，所以才提議要幫妳還鑰匙。」

我停頓幾秒後，蹙眉追問：「你介意于煥鈞，而不是賴毅森？」

「大概是種直覺吧，難以言喻，但我對賴毅森的確比較沒有……敵意？」語畢，他自己笑了出來，可能覺得用「敵意」這兩個字，太浮誇了。

「他今天跟我一起看到你公主抱社長那一幕了，我們社正好去圖書館還書回來。」我摸摸鼻子，若有所思道：「對了，本來社課結束後他有話要跟我說，我卻因爲想避開你提前跑掉。之後回活動中心也沒再過去社辦了，就沒講成。」

韓尚淵露出古怪的神情，「他知道我們兩個的關係嗎？」

「嗯？我不太確定……大概不知道？就算社課外，他找我說話，我也沒跟他談過這方面的事。」我摸不著頭緒，於是問：「怎麼了？」

「妳啊。」他無奈地伸手揉我的頭髮，忽然正經八百道：「以後離他遠一點。」

我護著頭往旁邊移動兩步，心想社團課已經結束了，後續應該不太會有機會和于煥鈞碰面，即使有，我們也不會過於親近，本來就只是交情稍好的普通朋友而已。

可是，顧及韓尚淵這句提醒，原要傳訊息，詢問于煥鈞在社團課後想說什麼的我，當即打消了念頭。反正有要事的話，他會自己主動私訊的吧。

沒想到隔天中午，我居然會以一種從未想過的方式，得知前一天本該知道的內容……

剛吃完午餐沒多久，我利用空檔背歷史事件年表，此時，外頭傳來了一陣嘈雜的喧鬧聲。

我抬起頭來，見教室內的同學們都探頭探腦的，而後紛紛往外跑。

韓尚淵朝我的座位走來，途中亦往外望了一眼。

「好像又有人要用大聲公傳情。」他聳聳肩，在我前方的空位坐下。

「難怪大家這麼興奮。」我輕笑，沒打算出去湊熱鬧。

我記得去年白色情人節的時候，有個高二的男生拿著大聲公跟心儀的女孩子告白成功，後來每隔一段時間，就會有人仿效此舉，成功率大約一半吧！一開始，教官們還會派人出來阻攔，可是後來都只意思意思告誡一下，說須在午休前解決。

韓尚淵支著頭，不解地皺眉，「用這種方式，眞的能將想傳達的話說清楚嗎？一堆人看著，緊張都來不及。」

「也許因人而異。」我雙手手指相扣，往前舒展了下緊繃的肩膀，「但那麼做的話，必須很有決心跟勇氣才行吧？無論對方是接受還是拒絕，都是當場見分曉。」

他勾了勾嘴角，「妳是這樣想的？」

剛要點頭，教室外便一陣譁然，我和韓尚淵對視了一眼。隨後，陸續有同學衝回教室，朝著我的位子跑來，一把拉起我，準備往外移動。

「快來快來，姒妍！女主角是妳啊！」

「咦？什麼……」踉踉蹌蹌地被迫往前走，我下意識偏頭去瞧韓尚淵，見他也是滿臉錯愕，卻很快起身追了出來。

我被眾人推到走廊的最前方，右側是攀在欄杆上看戲的韓佳音。她發現我被同學們帶出來之後，抬手捏了下我的臉頰，指向斜上方笑道：「完蛋嘍！今天這個居然是來領卡的唷。」

循她示意的方向看去，我詫異地掩住嘴。

站在另一棟樓欄杆後方，拿著大聲公的，是我昨天剛和韓尚淵提過的于煥鈞。

難道說，他昨天本來是預計在社團課後跟我表白，卻被我不小心迴避了嗎……由於計畫趕不上變化，所以他才改用今天這種絕對避不了的方法？

腦海中的思緒尚未完全理清，于煥鈞的嗓音便藉由大聲公竄入我耳裡。同時，站到我左側的韓尚淵，也悄然握住我的手。

「二年二班的梁姒妍！」被擴大好幾分貝的話語從上方傳來，稍嫌刺耳的聲音讓我不自覺瞇起雙眼。「從高一，幸運抽到妳當我的舞伴之後，我就開始喜歡妳了！因爲妳，我高二還特意留在文學社，會自願當社長，也是爲了藉著每一次社課，和妳多說一些話，拉近我們的距離——」

我陷入愣怔。

先前我一度疑惑，選塡了自然組的他，怎麼會在高二還繼續待在文學社。我完全沒料到他是爲了喜歡的人……爲了我才留在同個社團內。

是我眞的太沒神經，才從來沒有察覺到他的感情嗎？

思忖之際，透過大聲公廣播的聲音仍未歇止，于煥鈞似乎想仰仗氣勢，一鼓作氣全部說完。

「在昨天，社團活動已經完全結束了。以後，就沒有什麼機會再跟妳見面，所以我想問妳——願不願意跟我交往？我一定一定會好好珍惜妳！」

我困窘地遙望著他，一時無語。

方才我還跟韓尙淵說，用大聲公傳情需要很大的決心跟勇氣呢，哪裡知道幾分鐘後，自己會成爲被傳情的對象？

此時，一大部分不清楚實際情況的學生們，都在重複喊著「答應他」。尤其是自然組所在的西祺樓，鼓譟程度簡直讓我啼笑皆非。

現在，我勢必是要拒絕于煥鈞的，問題是該怎麼拒絕比較不傷人？

假如拒絕得太過含蓄，會像在給對方留餘地，不尊重身爲正牌男友的韓尙淵。

正當我感到猶豫時，韓尙淵鬆開了手，轉而捂住我的耳朵。

我困惑地眨眨眼，還搞不懂他想做什麼，便聽他扯開嗓門朝樓上大喊道：「她——是——我——的——女——朋——友——」

對面的于煥鈞登時噎住，噪音稍稍歇止片刻後，校內又開始了新一波的喧囂，其間夾雜著笑聲和噓聲，而我們班這方地域則是歡聲雷動，任誰都沒料到會有這種超出預期的發展。

至於我，猶在詫異韓尙淵居然會這麼不管不顧地在學校高調發言，難不成他受到刺激了嗎？

于煥鈞不甘示弱地拿起大聲公罵道：「韓尙淵！你這個近水樓臺的傢伙！」

「趁人之危還敢說我近水樓臺？也不想想我等了多久……」剛收回手的韓尙淵皮笑肉不笑地從齒縫擠出這句話，忽然彎腰。

我低頭關注，卻無預警地被他抱了起來，趴在他肩上瞪大雙眼。

一旁的韓佳音用一連串的驚呼取代發言，浮誇地拚命拍手。

等被打包回教室，安放在椅子上後，我仍遲遲找不回思考能力。直到學校的鐘聲把我驚醒，我才慢半拍發出一聲疑惑的語助詞。

「教官之前說了，午休前結束，我們要把握休息時間。」韓尙淵拍拍我的頭，溫聲安撫：「乖，睡覺了。」

接著，韓尙淵在我的注視下悠悠然走回自己的座位，毫無壓力似地愜意喝水，準備去跟周公下棋。

「看吧看吧！我就說有個人啊，一直都很遲鈍。」賴毅森搖頭晃腦、哼著音調奇怪的歌，經過我的座位旁。

周穎童往他的後腦杓重重敲了一下。她轉過頭來，用氣音打趣地問：「這就是傳說中的男友力嗎？」

我默默垂下腦袋，緩緩將歷史課本收進抽屜，趴到桌面，將既害羞又煩惱的複雜表情全都藏進了臂彎裡。

隔幾日，于煥鈞在冷靜過後，私下傳了訊息問我，究竟是哪時候和韓尙淵變成情侶關係的，當然也拐彎抹角打聽了那天在小廣場看到的情景。

「四月開始的，到現在兩個多月……但我們其實很久以前就認識了。」我老實回應，不想讓于煥鈞抱持無謂的期待。「那天被他抱著的是漫研社社長，男生，爲了活動的拍照效果刻意扮女裝，我已經確認過了。」

韓尙淵口中的「趁人之危」，指的就是這個烏龍事件吧。

「唉，眞是不甘心，本來以爲少了賴毅森，終於有機會的……我都乾脆豁出去了！」問明白後，于煥鈞扼腕感嘆。

或許，韓尙淵就是知道他豁出去了，所以那日才會用同等的態度回敬吧。

……也可能是想杜絕後患？畢竟人們能很快聽說我跟賴毅森並非情侶的事，主要是因爲後者太受歡迎，跟他有關的八卦才會迅速散播；而我跟韓尙淵即使交往了好一陣子，卻只有同班同學跟特定的人才清楚，再加上我們的交友圈沒那麼廣泛，消息便沒怎麼傳開。

然而，實際上，男生的答案往往很單純。

「于煥鈞都肯爲了妳那麼做，我怎麼能輸？事關顏面，對敵人仁慈，就是對自己殘忍。」這是韓尚淵後來給我的回答。

我望著天花板笑了笑，覺得往後還是保留一些想像空間吧，會比較浪漫。

須知暗藏其內的，往往比宣之於口的更加扣人心弦。

第十章　四季有你

高二升高三的暑假，趁著踏入水深火熱的考生生活前，二班舉辦了第一次的校外班聚。

當天是主辦人韓佳音的生日，因此大家都十分捧場地準時來到餐廳，還帶來了各式各樣的禮物，我都擔心她最後扛不回去。

「我看那顆包子根本就是想自肥，讓大家一起幫她慶生。」韓尙淵盯著跑到另一桌、正在努力切蛋糕的韓佳音，忍不住開口揶揄。

幸好他還是尊重壽星的，用只有我聽得見的音量說話。

由於人數較多，餐廳的二樓被我們包下來了，且樓梯間還有一道隔音門，不必擔心吵吵鬧鬧的，會打擾其他客人，於是大家也就放心喧譁了。

「九月的時候你要比照辦理嗎？」我打趣地問。

「我不喜歡勞師動眾，太麻煩了。十個人來就得跟十個人說話，還不如讓我清淨一點。」韓尙淵搖頭露出微微嫌棄的表情，果然在我的意料之內。

孰料緊接著，他又轉向我道：「妳陪我過就好。」

這人對於丟直球是不是越來越熟練了？

我故意不馬上說好，拿起杯子假裝喝飲料，吊足了他的胃口，才揚起嘴角回應：

「我會認眞考慮一下。」

「居然學壞了。」他伸出雙手捏我的臉頰，收手時不經意瞥見對面的空位，旋即納悶，「賴毅森跟周穎童怎麼消失這麼久，不是出去打個電話而已嗎？」

好像……起碼有十五分鐘以上不見人影了吧？餐廳整體而言不算非常大，總不可能迷路啊，況且打個電話也不必離開二樓，用餐區另一側，越過樓梯口就有個可以安靜休息的空間跟小陽臺。

「不然我們出去看看？」我偏頭問，反正我也想稍微透個氣。用餐區太過吵鬧，我的耳朵跟腦袋都有些受不了，需要放鬆一下。

「走吧。」坐在外側的韓尙淵率先起身。

趁眾人的目光都集中在韓佳音身上，我們悄然溜出了用餐區。

用餐區外是一條稍窄的走道，走個幾步便會看見下樓的階梯，再過去則是一個小小的休息區，往裡頭走，另一邊還有個戶外陽臺，開放給需要離開用餐區講電話或抽菸的客人利用。

小空間的入口處，有個與我差不多高的玻璃櫃，裡頭展示著來自世界各地的明信片和紀念品，應該是餐廳老闆四處蒐羅帶回來的，也提供給客人拍照留念。

看著看著，我的思緒飄到別的地方，不知不覺出了神。

「怎麼忽然發起呆了？」韓尙淵摸摸我的頭髮。

「……只是覺得回想起來，這一年太不可思議了。雖然不全是開心的回憶，我哭的次數甚至比往年都多，卻也獲得很多。」我抓住自己的裙襬，抬眸略帶困窘地說：「因爲感受到幸福，現在反而患得患失的——我眞的値得擁有這些嗎？萬一之後被我弄丟了怎麼辦？明明不該這麼悲觀，卻總是害怕。」

韓尙淵凝視了我一會兒後，突然張開手將我納入懷裡。我閉上雙眼，擁抱的體溫以及他獨有的氣息，彷彿能夠驅逐我所有的忐忑，讓我的心沉靜下來。

希望時光可以恆久停留在美好的此刻，別再改變。

「覺得擔心的時候，不安的時候，就讓我這樣抱抱妳吧。」他的嗓音很輕，卻在我耳畔縈繞，「我一定不會和妳走散。」

「你不見的那四年明明就沒有找我。」我低聲埋怨。

大概沒料到我會莫名翻這種不算舊帳的舊帳，他愣了幾秒，隨即悶笑。

「妳怎麼知道沒有？我還偷問過小學班上的人，可惜講不出妳的名字，當時臉皮很薄又不敢把話說得太明白，他們根本猜不到我指的是誰。」他鬆開手，轉而牽起我的手，往小休息區裡頭走。「高中搬回來以後，我就想過再試著找找看……結果妳竟然自己出現了，像命中注定一樣，但那種想法很快就因爲賴毅森的存在破滅了，害我難過了好一陣子。」

哇，竟然換他跟我翻舊帳呢？

我綻開笑容，剛要啟口，眼角餘光就瞥見休息區另一側的小陽臺上有人影——是失蹤了一段時間的賴毅森和周穎童。他們十分親密地靠在一起，而且重點是，他們正在接吻。

休息區中央有隻比人還高的泰迪熊擺設，導致我的視線遭到遮擋，剛才，我又光顧著和韓尚淵說悄悄話，進休息區時完全沒發現他們站在陽臺邊，此時退出去已經太晚了。

我下意識轉身，慌亂地將還沒反應過來的韓尚淵往小空間的另一頭推，也不確定他是不是也看見了。

韓尚淵被我這麼一推後，索性攬著我，躲到陽臺背面的角落。我們和賴毅森、周穎童，僅僅隔了一道牆。

這也太尷尬了！難不成我們要躲在這聽他們甜言蜜語嗎？

我用眼神傳達心中不滿，見韓尚淵也是滿臉逼不得已的煩悶，恨不得衝出去打斷他們的樣子，又覺得有種難以言喻的滑稽。我連忙伸手拉拉他的衣襟，安撫著他，讓他稍安勿躁。

韓尚淵垂眸看我，眼神瞬間變得有些耐人尋味，視線似乎在描繪著我的面容，讓我不由自主感到慌張，於是小心翼翼轉開了目光。

我可能……知道他在想什麼。

慶幸的是，賴毅森跟周穎童並未在小陽臺繼續逗留，大約是終於察覺他們離席太久了，邊說笑邊返回用餐區，絲毫沒注意到我和韓尙淵也待在休息區內。

談話聲漸遠，我們卻一步也沒有移動，不曉得是誰在等誰開口。

「妳在跟我想一樣的事嗎？」下一秒，他的嗓音驀然闖進我的耳裡。

「才沒有。」我瞇起眼，欲蓋彌彰。

像是早就猜到我不會老實回答，他靠近一步，邀約似地問道：「要不要來驗證一下？」

……眞的很壞心眼！在心裡嘀咕了句後，我忍不住睨他。

他翹起唇角，伸出右手撫上我的面頰，手指勾到了我的側髮，搔在頰邊有些癢。

我屏住呼吸，盯著他逐漸靠近的臉。他的五官輪廓映在我的眸中，那麼清晰，溫熱的氣息撩動著我的心跳，撲通撲通的，最終無法控制地失去原有的節奏。

「要是猜錯了，就推開我吧。」他很有耐心地給了我反抗的時間。

我眨眨眼，實在抵擋不了這種釣魚般的引誘，索性抬起雙手，踮起腳尖，環住他的後頸。

他似乎未感到訝異，同時吻了上來，另一手橫過腰際將我攬得更近。起初，他還溫和地試探，見我沒有抗拒，隱約輕笑了聲，又加深了這個親吻。

新手如我，找不到正確的呼吸方法，只能迷迷糊糊地想著，早知道就再多堅持一下了，免得被他認爲我很好拿捏，可是偏偏感覺不壞，現在中止又太遲了……

結果當然沒能停下來，我爲我的不爭氣感到羞愧。

「看來答案很明顯啊。」分開之後，韓尚淵揉揉我的嘴角。

「我只是……看到剛剛的……所以才……」總之都是賴毅森跟周穎童的錯！我咬住下唇，發覺自己無法好好解釋後，乾脆裝無辜。

「是嗎？」他用真誠的表情望著我說：「但我已經想這麼做，很久了。」

救命，我真的要瘋了。

我掩著臉，整個人升溫到快不堪負荷。

韓尚淵總算不再戲弄我，他拉著我，轉到另一側的小陽臺上吹風。

小陽臺欄杆上懸掛著星星造型的裝飾燈，在小小一方天地暈染出明亮溫暖的色澤，就像身邊這個人一路走來給予我的關懷一樣。

「幸好有你。」讓我生命中的許多事都被重新賦予了意義。

韓尚淵聞言，偏過頭來迎上我的目光，眼角眉梢醞釀出繾綣的溫柔。

「梁姒妍，」他低聲輕喚，夢囈般的細語被晚風捎來，如此動聽，「妳笑起來真好看。」

平凡的歲月，春夏秋冬的輪替，都因爲你的存在，添上了新的風景。

全文完

番外
妳是心之所向

在校車上，偶然四目相交的那個瞬間，我就認出來了。

惦念多年，我一度遠行卻又歸來，在南北往返的路途中尋尋覓覓，沒想到，會在距離最近的地方，找到了她。

然而，她的眼神裡，卻只剩下沒有溫度的陌生。

在黑板上寫下端秀字跡，長髮披肩的人影放下粉筆轉過身來，神情淡漠，看起來雖不慌張，卻也感受不到熱情。

「我是二十二號的梁姒妍，一月七日生，摩羯座，興趣是閱讀。謝謝大家。」

多虧導師提前規定好自我介紹必須要有的內容，免得有人敷衍了事，我總算知道了她完整的名字，以及一些額外附贈的情報。

隨後，我聽見前方兩位似乎早就相熟的男同學低聲談論起來。

「喂，你不覺得這個女生超正的嗎？」

「但我比較喜歡剛剛那個周穎童，這個看起來就很不好親近。」

「拜託，你那個才是會說出『對不起，我只把你當好朋友』這種話的類型好不好？」

我不禁在心裡暗笑。這才不到半天，就開始物色對象了嗎？

即使擁有出眾的外貌，成績也十分優秀，但長時間觀察下來，我發覺梁姒妍不愛引人注目。她的性格毫不張揚，沒事的話很少主動找人攀談，經常獨自待著。

偶爾，我甚至覺得她想當個邊緣人，遠離所有的麻煩與喧囂。

不過，我仍不知不覺記下她的某些習慣和愛好。

例如，她偏愛特定牌子的中性筆，在課本上作筆記時，會使用藍色、紅色、橙色和綠色的筆，輪流書寫，且畫重點時，只使用黃色蠟筆，讓版面看起來整齊乾淨。

除此之外，她總用淺藍、天藍色的髮圈或髮帶束起長髮，在細密柔軟的黑髮間添上一抹亮色，也爲她沉穩的氣質帶來些許活潑感。

倘若遇到需要思考的問題，她的指尖會在桌面上輕扣，垂下眼簾的寧靜側顏宛若一幅畫，連帶地，讓我感覺那番觸擊，似乎也在我心底產生了振盪。

撇開上述幾點，還有件最重要的事……

「姒妍！」清朗的叫喚聲打斷我的思緒。我循著聲音來源望去，窗外笑容燦爛的男生正朝著她大幅度揮手，同時也吸引了教室內不少人昂首張望。

面露淡淡無奈的梁姒妍起身朝他走去，眼神中卻透著幾不可察的溫柔。

——賴毅森，她的青梅竹馬，也是她最喜歡的人。

從前感情就很融洽的他們，長大後自然而然地走到一起，也是很正常的吧？我如此告訴自己。

即便遺憾，即便盼望能再度獲得她的關注，我卻不能盲目靠近。他們很適合，一動一靜相輔相成，而我能做的就是不去打擾，管好私心，安分守己。

在這段自我沉寂的日子裡，我也不是沒考慮過就此放下，畢竟這可不是耐心等候就能實現的心願，況且期待著他們兩人最後分道揚鑣什麼的，也太泯滅良心了。

所以，當另一個女孩主動朝我走來，我亦不由得產生動搖。

「我喜歡你！你願意當我的男朋友嗎？」說這話時，她似乎用盡了全身的力氣，連雙頰都漲得通紅。

短短幾個月的舞伴，我直到這一刻才認真地看向她。客觀而論，她長得很可愛，個性也不難相處，應該是相當討人喜歡的類型。

我的腦袋猶豫了，心卻果斷地不同意。

我知道，如果在這種情況下接受別人的心意，最終只會帶來傷害，無論是對我，還是對她。

「抱歉，但我對妳沒有那種感覺。」我不用「現在不想談戀愛」這種模稜兩可的藉口，是怕她會說出「來日方長」之類的話。

孰料，雖然愣了下，她卻不服氣地靠近一步。

「爲什麼，因爲我不是你喜歡的類型嗎？」她皺起眉頭，迫切地問：「那你喜歡什麼樣的女生？」

說實話，對我而言，這完全不是「喜好」問題，而是茫茫人海中，我的目光就是會無端地被特定的那個對象吸引，即便對方擁有的特質，不一定是我理想中的模樣。

下一秒，我的眼角餘光捕捉到正抱著幾本書快步經過，大概是要趕往社團教室的梁姒妍。她留意到小廣場有人，於是不經意抬眸朝此處一瞥，旋即毫不在意地收回目光，長髮卻在背後微微晃蕩出波浪。

我喜歡的女生，她不就在那裡嗎？

如此簡單的一個動作，都讓我覺得她美得令人屏息。

或許是表情不小心露出了端倪，站在我眼前的女孩跟著轉頭望去，隨後便像明白了什麼般，露出難過的神情，不再啟口追問我無法答應她的理由。

原以爲，我會就這樣懷抱著無法傳達的感情，默默注視著梁姒妍，直到我們分班、畢業，變成毫無交集的兩個個體。

我想，不再相見後，時光的流逝也許能將缺憾漸漸帶走。

沒想到，我會在那個角落，聽見她和賴毅森的祕密對話。

「你就這麼想要紗由梨的卡啊？」得知我在遊戲內存了整整五百抽，最後居然是竹籃子打水，一場空，包子在群組裡幸災樂禍地回應：「節哀順變啊！我看你跟紗由梨沒有緣分，不如換本命吧！小唯怎麼樣，你不是有她兩張五星嗎？」

本命要是能隨便換，那還算哪門子的本命？

而且最初會喜歡新推出的紗由梨這個角色，是因爲角色設定和梁姒妍太像了：長直髮、藍色髮帶、鎮定聰明、文靜寡言、不愛笑。

既然現實中接近不了，我在手遊裡抽個卡總不違反道德吧！

然而，就連運氣都彷彿在嘲弄我的小心思，別說紗由梨了，五百抽內我連張五星卡的影子都沒見到。

當時，我實在太鬱悶，才會躲到那個中午時段少有人經過的樓梯轉角，喝飲料自我安慰。

當耳熟的嗓音傳來時，我還以爲那是因自己太過懷疑人生，而導致的幻聽。不料，我越聽越覺得不對勁。

由於對話內容讓我太過詫異，後來等梁姒妍結束和賴毅森的交談，轉進樓梯口時，我仍處於恍惚狀態，沒能及時避開。

「……韓尙淵？」

我緩慢回神，凝視著梁姒妍面上罕有的忐忑神情，腦海中突然有個清晰的念頭浮現，取代了其他多餘的、不必要的惱人思緒。

——若她自始至終都並未屬於別人，那麼，我就不必再隱藏自己的心意。

想來簡單，實際付諸行動後，我才發現這著實是個難熬的過程。

雖然情侶關係是假的，但梁姒妍對賴毅森的喜歡卻是眞的。

看著她拿自己與周穎童比較，再自卑地認爲比不上對方，以及爲賴毅森沮喪、隱忍和心傷，似乎已成了我的日常。

我遲遲無法更進一步，是因爲我認爲，轉變總需要時間來交換。

我不斷自我提醒，欲速則不達，凡事都講求時機，萬一冒進，只會讓她感到困擾，進而選擇離我而去。

「那你喜歡的人呢？」

我從沒想過，會從梁姒妍口中聽見這種問題。

「我偶然聽見班上女生在猜你應該有喜歡的對象……如果有的話，你該跟我保持距離才對。」她眼神認眞，像在要求我也審愼看待這件事。

我喜歡的人是她，還要跟她本人保持距離？邏輯正在跟我哀號。

無可奈何之下，我只能跟她約定，沉迷於二次元的我，將來要是在三次元找到對象了，一定會第一個通知她，而那大概也跟告白差不多了。

時隔不久，賴毅森和周穎童開始交往的消息傳開，本就情緒低落的梁姒妍更常顯得鬱鬱寡歡。

教人無奈的是，明明心裡不開心，她卻總顧念交情，硬逼著自己吞下所有會讓她難過的場景和畫面，然後消化不良。

「難道喜歡一個人非得喜歡得這麼辛苦，連對方的喜歡都一併承受嗎？」

這句話，除了問她，同時也是在問我自己。

梁姒妍略顯遲疑地轉頭，反應過來後，她的眼神中清楚流露出「那就別跟我一樣做這種傻事」的深意。

但是來不及了。

從許多年以前，就已經來不及了。

後來我才曉得，爲何她總是忍耐，總是壓抑，總是沒辦法隨心所欲地表達她的喜怒哀樂。兒時的陰影宛如她心上難以抹除的刺青，而在她痛苦不堪的時候，是賴毅森一路陪著她走過，於是「他」和「他擁有的一切」，成了她嚮往的光明，即使未曾握在手裡，她也無法輕言放棄。

可我想讓她明白，就算取代不了賴毅森，我也願意替她掃除前方的所有困境，哪怕是用盡全力。

再後來，她越過人群呼喊我姓名的那個瞬間，於心頭的悸動下成了永恆。無論多麼遙遠，我都會在這條奔向她的跑道上，心無旁騖，始終如一。

只爲來到她的身邊，將她擁入懷裡。

抓住機會向她表明心意後，梁姒妍面對我的態度也出現了微妙的變化。

困窘、害羞或者悄然試探都是其次，畢竟我深知她向來理性，不太可能因爲情緒或衝動驅使，便答應我的追求——重點在於她不知不覺爲我貼上了專屬標籤，讓我得以擁有站在她身邊的權利，同時，她也不知不覺地認定，我身旁的位置終究會被她所占據。

假如有人擅自碰觸或接近，侵犯了她判定的領域，她就會可愛地跟我鬧彆扭，說些口是心非的話，潛意識中，大概是希望我能維護她的權益，告訴她：她才是我心目中最特別的唯一，除此之外的，都只是「別人」。

她以爲我會不開心，但實際上，我高興還來不及。

能被喜歡的對象關注和在乎，換成半年前的我，根本想像不到這種事。

或許，總有一天，她會願意主動握住我的手，並親口說出「我也喜歡你」。

屆時，我便會向她傾訴：在那段懵懵懂懂的歲月裡，我們的相遇便已鐫刻在我的記憶之中，成爲我難以忘懷的一頁。

而我太晚才意識到，原來她就是我的初戀。

我從未想過，這個「總有一天」會來得如此突然，讓我毫無心理準備。

「韓尚淵……蝴蝶，你是那個『蝴蝶』嗎？」

接收到疑問的當下，我壓根兒沒料到梁姒妍居然先想起來了。一開始，我還以爲她是看了什麼奇妙的心理測驗，包子就老愛拿那種奇奇怪怪的問題來考我，從而斷定我就是個奇葩。

「那個幫我抓蝴蝶的男生，是你嗎？」直到她描述完細節，再次確認時，我才反應過來，不僅是我，她也一樣始終都沒有忘記。

幸好我一直等著她，守著她，即便曾經感到辛苦和遲疑，最終也並未選擇放棄。

她就是命中注定的，專屬於我的幸運。

「韓尚淵，我喜歡你，眞的很喜歡你……也許在我還沒意識到的時候，你就已經在我心裡了。」

當她伸手擁抱我時，我完全抑制不住內心的狂喜。

這句喜歡，這段確立關係的回覆，我已經期盼了好久好久。

從今以後，我終於能名正言順地牽起她的手，再也不讓她有機會溜走了。

「所以，這個紗由梨就是你最喜歡的角色？」梁姒妍翻看著我在遊戲中持有的各色卡片，忽而指著手機好奇問道。見我頷首，她又困惑地追問：「爲什麼呢，是她的人物漂亮，符合你的審美嗎？還是她的性格設定比較特別？」

要說漂亮，她本人比紗由梨漂亮一百萬倍，要說特別，她本人也比紗由梨特別一百萬倍。

「會喜歡是因爲她像妳啊。」我實話實說，「而且第一張紗由梨還是妳親手抽給我的，就在我五百抽全陣亡的那天。」

說實話，那天之所以會刻意打開手遊讓她幫忙抽卡，是因爲我突然想起，她的手氣很好，曾在小學園遊會的攤位上抽中大獎，並好心地把中獎的籤，換給了籤運很爛、被嘲笑的我。

小時候，我原本只是有點在意她，在經過換籤的事後，我對她的好感程度直接上升好幾個等級，堪稱暈船。甚至有幾回在公車上，我明明是清醒的，卻故意閉眼裝睡，就爲了讓她特地走過來叫醒我，這樣我就能名正言順和她說話了。

咳，雖然只是謝謝跟不客氣。

唯一一次例外，是我捨不得放下某本讀得津津有味的小說，上車找了空位坐下後，便要一頭栽進小說裡，豈料這時，熟悉的嗓音從旁傳來。

「你今天不睡覺嗎？」見我抬頭，難得主動與我交談的她眨了眨眼，指著書本細聲道：「那本書眞的很好看。」

我呆了好幾秒，才胡亂點頭。明明是難得的機會，我卻擠不出半句像樣的話來回應，只能目送她往公車後方的座位走去。

最後，小說寫了什麼，我一個字也沒看進去。

慶幸在數年之後，我沒有因爲膽小或猶豫不決而錯過那個再次降臨的「機會」，一步步堅定地走到了她的身邊。

拉回思緒，我重新聚焦在眼前的人身上。

「咦？」似乎對正確答案感到訝異，梁姒妍仔細打量著手機裡的紗由梨，甚至不斷地將角色放大縮小，讓我忍俊不禁。

「像……我嗎？我看起來是這樣的形象嗎？」

「嗯，是怎麼看都美的形象。」我用肩膀輕輕撞了她一下，「知道了就別吃紗由梨的醋啊，否則就是在吃妳自己的醋了。」

梁姒妍斜睨了我一眼，隨即背過身去，但百分之百沒有生氣。

「梁姒妍。」我喚她。

「幹麼？」她的嗓音透著一絲笑意，卻仍面朝窗戶。

「妳不轉回來的話，我要在這裡唱歌了。」我低聲威脅。

她迅速回頭，瞪大了眼睛，「公車上耶，你瘋了嗎？」

「沒關係啊，反正丟臉的話，也是我們一起丟臉。」我捏捏她的臉頰，換來的是她一拳捶在我的上臂，卻沒用上多大的力道。

我們一起，眞是令人感到愉悅的四個字。

這份喜歡她的心情，肯定在多年以後，都還教我心動如昔吧。

番外　幸運玄學

「姒妍，妳可以幫我看看這部分的排版嗎？會不會覺得字太多了？」

剛整理好桌面的我，側頭打量周穎童遞過來的書審資料。

她做的書審資料，版面一目瞭然，圖片和文字的穿插也恰到好處，乍看之下沒有什麼缺點可以挑，但周穎童的表情，彷彿是希望我能多給些建議，讓她能繼續調整，這樣她反而比較不慌。

「我個人看來是覺得很好啊。」我拍拍她的肩，安撫道：「如果妳覺得不滿意，又不知道怎麼改……還是我下午陪妳去問問班導的意見？聽說他那裡有很多以前學長姐的範本可以參考。」

她思考片刻，對我點點頭，眉頭總算舒展了些。

學測之後，由於成績不算非常理想，周穎童一直很擔心申請不上想要的校系。雖說以她的成績，能上的校系其實不少，但考量到她不想和賴毅森分隔太遠，又必須求穩，選項自然就減少了。

隨後，我聽見熟悉的喧嘩聲，轉過頭，果然見到稍早抬餐桶下樓的賴毅森和韓尙淵，一前一後進了教室，朝我們倆走來。

賴毅森的左手上多了層繃帶，我猜他剛才受了傷，到保健室包紮過。

「你的手怎麼了？」周穎童皺起眉頭，捧著他的手掌前後翻看，滿臉心疼。

「我也不確定耶！可能是被餐桶蓋子的邊緣割到，發現的時候就在噴血了，哈哈哈！」賴毅森仍是一副樂天的模樣。

「血都滴了一路他居然沒感覺，還要我提醒才知道，大概是笨蛋比較沒神經吧。」韓尙淵淡笑嘲諷。

不是頭一回被罵笨蛋的賴毅森對著他磨牙齒，下一秒，又偏過臉安撫周穎童：「眞的沒事啦，妳呼一下我就不痛了。」

周穎童瞪了他一眼，眼神中卻透著笑意，連唇角都微微勾起。

正在喝水的我默默將視線轉開，也許是水太冰了，我竟然有點牙酸。

相較於我的鎭定，韓尙淵就沒這麼客氣了，直接用四個人都能聽見的氣音吐槽：「呼個頭，是在吹蠟燭嗎？」

聞言，水才吞下一半的我登時嗆咳不止，好不容易把氣順過來，立刻抬眸瞪他。沒料到我會受害的韓尙淵露出無辜的表情，害我瞬間很想修理他。

緊接著，他忽然像想到什麼似地，轉向賴毅森，問：「你不是說回來要查榜？」

繁星的結果在今早公告，賴毅森擔心自己看完結果會沒胃口，硬是拖過了中午才要查榜……偏偏他又不是那種處變不驚的人，剛才根本也沒吃幾口飯，就到處找人串門子，打聽上榜情況了。

「可是我得了一種碰到緊要關頭就會不敢面對的病。」賴毅森慢吞吞地拿出手機，卻想塞給我，「讓姒妍幫我查啦！我要分一點運氣。」

他之所以這麼說，當然是因爲我第一時間就查完榜，確定自己順利被最想要的校系錄取了。

我的在校成績一直都維持在一定水準，因此對於繁星，我其實還算有把握，即使心中難免忐忑，卻不至於像賴毅森那樣害怕期待落空，再加上他走申請管道，其實也蠻有優勢的，難免會因恐懼選錯路而無法冷靜。

「看來病得不輕。」說是這麼說，韓尙淵仍抽過賴毅森的手機，遞到我面前，連周穎童都跟著緊張兮兮地盯著我。

我並未推拒。早就跑過一輪的我駕輕就熟，很快便透過網頁搜尋打開查榜系統，並向賴毅森詢問需要輸入的相關資料。

我靜默了老半天，讓韓尙淵也好奇地湊過來看，隨即將眉一挑。

「到底怎麼樣啊？」賴毅森急得跳腳。

我托著臉頰，從容地將手機螢幕轉向他，「上了喔，你最想要的那個。」

儘管他連保險科系都塡了，不過錄取第一個和錄取後面幾個的心情落差，可是非常大的，賴毅森晚上大概可以多吃幾碗飯了吧。

「太扯了……」接過手機的賴毅森臉上寫滿難以置信，將手機傳給了周穎童。

然而，本該跟著高興的她，反應卻有些微妙，只是揚起笑容說著「恭喜」，頻頻眨動眼睛，透出幾分言不由衷。

看來她的壓力眞的很大。她深怕之後無法如願就讀想要的校系，或許也怕申請成功，可是結果出來，將來四年會和賴毅森變成遠距離戀愛。

原本是十分擅長消化情緒的人，竟然也喘不過氣了。

賴毅森安靜注視著她，而後驀地抬頭朝我和韓尙淵笑了一下，將垂著腦袋的周穎童拉離了教室。

幾乎在他們踏出後門的同一時間，午休的鐘聲也噹噹響起。

「怎麼辦呢，班長？午休時間不能在外遊蕩啊。」我啟口打趣。

「就當沒看見。」韓尙淵摸摸我的臉，低聲說道：「妳別擔心。」

我很快理解了這四個字的意思。

在許多人都還搖擺不定的時候，韓尙淵便已經告訴我們，他會以個人申請爲目標，連書審資料都早早就開始做準備，甚至寫了小論文。或許是他按部就班的態度過於從容，才讓同樣在跑申請程序的周穎童感到力不從心，進而壓力倍增。

另一方面……說我完全沒焦慮過是騙人的。不過我知道，面對既定的目標，韓尙淵向來非常沉穩。

如今，我和賴毅森都確定會就讀北部的學校，而韓尙淵和周穎童，也正以此爲方向。奈何要考上相同的學校著實有點難度，我只求別離得太遠就好。

「說不定我能考上和妳同一間學校？」韓尚淵倒是氣定神閒。

「就算你打算申請北部學校，可是受到選系侷限，必須將中南部也一併納入考量，哪有你說的這麼簡單？夢想很美滿，現實很骨感啊。」我跟老師們不同，總勸他把標準放低一點，免得期待越高，跌得越重。

「多虧有妳這句，」他打了個響指，語氣變得更加有把握，「我覺得我一定會順利錄取，和妳就讀同一間學校。」

我凝視他的笑顏，總感覺這話哪裡不太對勁，卻又說不出個所以然來。

個人申請放榜這天，我們幾個人說好不在學校討論結果，而是放學後，約在一間甜品咖啡廳查榜。原因是，賴毅森說無論開心還是難過都要大吃一頓，但我強烈懷疑他只是想滿足個人欲望。

幸好周穎童也是個甜點愛好者，而我不排斥，韓尚淵這個喜歡喝含糖飲料的人，自然不必說……總之大家都沒反對。

我們原本也邀請韓佳音一起過來，可她卻說「你們雙人約會，我難道去當電燈泡嗎」，然後憤而拒絕，讓我啼笑皆非。

賴毅森豪邁地點滿一桌子的餅乾和蛋糕，可惜內心忐忑的周穎童只吃幾口便猶猶豫豫地拿起手機，似乎想先面對現實，神色緊繃到像被灌飽氣的氣球。

她吸吸鼻子，「怎麼辦？我好像被傳染了碰到緊要關頭就想逃避的病。」

「莫急莫慌莫害怕！」賴毅森拍拍她的肩膀，然後搞笑地說：「不然讓姒妍幫忙查吧？借助玄學的力量。」

等等，難不成大家現在是跟韓尙淵一樣，把我當吉祥物看待了嗎？我無言以對，叉了一小塊蛋糕塞進嘴裡。

「沒關係。」周穎童捏住手機，用堅定的語氣說：「我要自己查。」

聞言，我會心一笑，輕輕點頭。她深吸了口氣，旋即低下頭，神情專注地點擊螢幕。坐在她旁邊的賴毅森，看起來比她還焦慮，擱在桌面上的手都握成了拳，想靠過去又怕給周穎童造成壓力，只得努力按捺情緒。

等待期間，我望向始終默不作聲的韓尙淵，原以爲他還在吃東西，想晚點再查，但我轉頭的同時，他卻將解了鎖的手機直接遞過來。

我下意識接下，慢半拍地問：「要讓我來查嗎？」

「我說過了啊，」他理所當然地道：「妳就是我的幸運。」

此時此刻，我誠心希望，所謂的玄學是眞的存在。

據韓尙淵的描述，面試當天，他跟教授們都聊得不錯，幾個針對性的問題，他答得也還算理想，但如果他是想讓我安心，故意只說好的部分呢？萬一他的分數比別人差了一點點，錯失了名額該怎麼辦？

縱然他申請的校系不止一個，可要是問我的眞心話……

我當然不願意和他分隔兩地。

輸入好資料，核對一遍，按下送出的瞬間，對面突然傳來一聲驚呼。

我詫異抬頭，映入眼底的，是周穎童從沙發上起身，猛地撲向賴毅森、一把將他抱住的畫面。由於她背對著我，我看不清她的表情，然而從她胡亂嚷嚷的聲音聽來，似乎是在哭。

我朝賴毅森投去擔憂、詢問的眼神，他正拍撫著周穎童的背輕哄，注意到我的目光後，又綻開燦爛的笑容，對我比了個勝利手勢。

「別哭了，妳很棒啊！這是當然的，妳超棒！」他的嗓音透著溫柔和難以掩飾的愉悅。

——周穎童如願考上了。

而我，仍遲遲不敢看方才查詢的結果。

大概是接收到我的不安，韓尙淵伸過手來，握住我的手腕。我悄然瞄了他一眼，這才抿起雙唇硬逼自己低下頭，並不斷在心裡默念著要冷靜。

不過，將查詢結果盡收眼底時，我依然反射性瞪大了雙眼。

和我先前錄取的學校……完全相同的、無比熟悉的校名。

這不是騙人的吧？

爲了確保自己沒有眼花，或者根本在作夢，我側過身，打算將手機遞給韓尙淵確認，卻發覺他面上是早就瞭然於心的淺笑，對我的反應絲毫不意外。

我立刻敏銳地質問：「你是不是來之前就偷偷查過了？」

「怎麼會？」他裝模作樣地聳肩，還當我分辨不出眞假。見我已經不滿地微瞇起眼睛，他索性靠過來問：「爲什麼對面的有獎勵，我卻沒有？」

那他起碼先喜極而泣給我瞧瞧？況且賴毅森跟周穎童那頭是合在一起的沙發座，我們則各自坐在兩張靠外側、有扶手的單人座上，就算我有心抱他，姿勢也會很彆扭吧。

「現在不太……」我才說到一半，韓尙淵便按住椅子的扶手，朝我傾身而來，直接用更進一步的方式，將我後頭的話截斷。

又被莫名偷襲，定格好半晌的我回過神來，連忙捂住嘴，可是都被得逞了才擋也沒什麼用，我只能羞惱地用眼刀掃他。

結果他還若有所思地問：「蔓越莓嗎？」

「才不是，是覆盆子。」我低聲咕噥，隨即意識到他居然在辨別我方才吃過什麼，忍不住掄拳敲他，他卻仍促狹地笑。

下一秒，目睹一切的賴毅森居然饒富興致地調侃：「哇塞，韓尙淵，看不出來你很會耶……」

「我也從來沒想讓你看出來。」韓尙淵迅速回嘴。

「別再說了！」我簡直無地自容。

周穎童十分講義氣，伸手扯著賴毅森的雙邊臉頰，開始口齒不清的他，這才委屈巴巴地閉上嘴。不過從表情來看，他大概還有一籮筐的感言等著發表。

於是我決定拿出手機，將珍藏已久的崩壞影片分享給大家。

沒錯，就是他在沙發上學魚彈跳的那個影片。

「我的天啊！這是什麼，也太可愛了吧！還有別的嗎？傳給我傳給我。」周穎童放鬆地靠在沙發上，她的壓力徹底解除，整個人樂不可支。

「啊啊啊，梁姒妍妳這個出賣朋友的叛徒——」賴毅森浮誇地控訴。

我笑到往後仰倒，後腦杓不小心撞上椅背邊角，正痛得皺起眉頭時，韓尚淵已先我一步抬手，輕輕按揉著我腦後被撞痛的位置。

我抬眸望向他，而他的眼神中不具絲毫不悅，唯有滿滿的寵溺和縱容。

如他所言，我可以放心地笑，放心地期待有他在的未來。

那麼，之後也請多多關照了，親愛的男朋友。

番外
在他身邊

最近的韓尚淵有點奇怪。

並非陰晴不定的那種古怪，也沒有變得難以掌握行蹤，純粹就是……他最近好像很仔細地在觀察我，無論我正在做什麼事。

對，觀察，我。

他的腦中疑似有十萬個爲什麼，經常問個不停。小到外出服裝搭配的理由，大到對某些事件的看法，都莫名想追根究柢，偏偏某些疑問的答案，我也說不出個所以然來，老是被問得一頭霧水。

一開始，我以爲他是想送禮物給我，才旁敲側擊地打聽我需要什麼，但送禮物應該跟「哪天一覺醒來，突然跑到某個未知的星球會是什麼反應」這種問題，一點關係也沒有吧？

後來，當他又在吃飯時提了個「如果哪天我們必須分開」的假設，我終於忍不住，放下湯匙，打算跟他好好聊聊。

「韓尚淵，你有什麼煩惱嗎？」斟酌片刻，我試探性地問：「例如說你忽然想要重考或轉系，還是出國留學……」

聞言，他神情微微一滯，隨即又勾起笑容，「沒有，我完全沒想過。怎麼這麼問，又在胡思亂想？」

看他那模樣，明明就猜到了，還硬要裝。任誰聽到那種「萬一要分別」的關鍵字句，都會擔心或不安吧。

「還說呢，明明我都沒拿怪問題煩過你。」我重新拿起湯匙，不禁低聲埋怨。

「什麼怪問題？」他盯著我，露出興味盎然的打量眼神，「像是『我變成毛毛蟲，你還會愛我嗎』之類的？」

看來他對這種「答不好就分手」的陷阱題，還是有所耳聞的。

我輕哼一聲，剛舀了口飯放進嘴哩，就聽他氣定神閒地開口：「當然會！我還會把妳養成全世界最漂亮的蝴蝶。」

我差點噎到，還沒開始咳，隔壁桌的同學居然先咳起來，還斷斷續續地笑。知道他們是偷聽到了我跟韓尚淵的對話，我忍不住瞪了對面淡定的人一眼，要他適可而止。

「你明天下午一樣要去社辦嗎？」我問。

升上大學後，韓尚淵又被那位他以「孽緣」來形容的漫研社社長綁架，進了漫研社。那位社長和我們考進了同一所大學，大二時，又接任幹部，因此韓尚淵就更跑不掉了，加上最近社團要評鑑、要趕出社刊，他幾乎一有時間就窩在社辦。

我強烈懷疑韓尙淵對那種死纏爛打的人沒轍。

「明天只有我有空，大概就幫忙做些雜事吧！不然趕我自己的報告也好，社辦比較涼。」語畢，他還挑了挑眉。

除了吊扇外，漫研社社辦居然還放了兩臺立式風扇，平常沒其他人在的時候，也比宿舍寢室清淨，更不用像在圖書館那樣，和人排隊搶位子——這些正是韓尙淵喜歡往那裡跑的理由。

被他刻意的表情逗笑，我抽了張面紙給他，另一手比比自己的下頷示意，孰料他乾脆直接把臉湊上來，讓我很無奈。

我邊伸長手擦去他不小心沾到的醬料，邊接著問：「那我下課後過去找你，晚上再一起吃飯？」

若在平時，韓尙淵總會一口答應，然而，今天他卻不知爲何，陷入了思考。

我有些納悶，不確定讓他遲疑的是時間，還是我過去社辦找他的這件事。

我的腦海中莫名閃過一個念頭——他有什麼祕密想瞞著我。

不過，根據以往的經驗，最後往往都是我多想了，偶爾甚至是很好笑的烏龍。

「妳過來前傳個訊息給我吧！我直接下去門口等妳，我們再去吃飯。這樣妳就不用特地爬到四樓。」韓尙淵忽然回話，打斷了我的思緒。

漫研社社辦位在社團大樓的四樓角落，走到四樓對我而言其實還好，但既然可以不用背著厚重的課本爬樓梯，我自然樂得點頭。

隔天，我來到社團大樓門口，卻未見到韓尚淵的人影，而我傳給他的訊息，也一直沒被讀取。

等了五分鐘左右，我索性撥了電話過去，結果兩通電話都轉入了語音信箱。

「該不會……」

每當這種時候，通常只有一個答案。

我嘆了口氣，認命爬上四樓，來到漫研社社辦的門口，輕輕敲了敲門板。

裡頭果然沒有回應。

我伸手打開社辦的門，並非頭一次見到的畫面映入眼底：韓尚淵坐在他習慣的那個靠窗座位，趴在桌上睡得不省人事，右手甚至還擱在筆電的邊角。

我想，他原先大概是想小憩一下，結果睡得太沉，手機還忘記關掉上課時的靜音模式，才會錯過訊息和來電。

起初他沒回訊息時，我還會擔心，可是同樣的狀況發生過兩、三次後，我就見怪不怪了。

他什麼都好，就是愛熬夜的壞習慣戒不掉，上大學後更是變得更加隨心所欲。要不是我常常叮嚀他早點睡，他可能會拖到吃完早點才睡？

反正現在時間還早，就讓夜行性動物多休息一下吧，總好過邊吃飯邊打瞌睡。

我輕手輕腳關上門，走到他身旁坐下，將裝著書本的大包包放到一邊，小心翼翼地把筆電從他手掌下移出來。過程中，不知爲何沒進入待機狀態的筆電螢幕突然亮起，我不經意瞥見了上頭的文件。

「咦？」我本以爲是報告，但瞄第二眼時，我就注意到當中出現了對話，定睛一瞧才發現……這好像是篇小說？

我望了仍在熟睡的韓尙淵一眼，敵不過好奇心，將文件拉到最上方，從開頭慢慢閱讀。隨著劇情展開，我也總算明白，爲何他近來總是問我些怪異的問題。

這是篇以「玩家」以及遊戲角色「紗由梨」爲男、女主角書寫的同人小說，大致上是描寫紗由梨從遊戲裡穿越到現實中，與玩家相遇後發生的一連串趣事。

我猜，這是韓尙淵要放進社刊中的創作，或是後續還會另外畫成漫畫的腳本。

不過這個紗由梨的行爲和說話方式，甚至興趣喜好，怎麼看都是……我吧？

難道他是不曉得怎麼揣摩這個角色，所以乾脆觀察我的行爲，以及問我問題，來完成這篇作品嗎？畢竟他曾說過，紗由梨的形象和我十分相似。

我不小心笑出來，下意識清了清喉嚨，沒想到會驚動到韓尙淵。

見他有醒來的跡象，我迅速合上筆電推到他前方，若無其事地拿出手機，裝作方才都在滑社群平臺打發時間。

抬起頭的韓尙淵看到我，整個人定格呆滯片刻，反應過來後一秒倒回桌上，將臉悶在臂彎裡說：「……我又……」

「嗯，又。」我壓著他的後腦杓左右搖晃，忍不住調侃：「因爲最近都在熬夜寫小說嗎？」

「妳看到了？」他偏過臉來，露出一隻眼睛，發覺我也正歪著頭瞧他，立刻靠過來抱住我，有些可惜似地道：「本來想寫完再讓妳第一個看的，眞是失算，早知道就提前去系館等妳了。」

怪不得他昨天會猶豫，想來是怕我提早看到，就沒驚喜了。

韓尙淵的嗓音透著股懶洋洋的味道，讓我不自覺跟著放輕了聲音，「四捨五入我也算第一個看了。那篇是社刊要收錄的文章嗎？」

「不是，是另外的。塔瑪……就社長，說要出遊戲的同人本，找了蠻多同好一起，叫我也去插個花。」他停頓了會，嚴肅強調：「妳知道的，他很吵。」

我揚起嘴角，腦海中，突然冒出他被社長不停騷擾，最後直接抱起男扮女裝的社長拍照，因而被我誤會的場景。

社長這次居然拗韓尙淵寫小說？雖然他高中的時候，作文成績的確還不錯，但作文和小說畢竟是兩碼子事。

「你好像眞的拿他沒辦法耶。」我覺得這樣的反差其實有點可愛。

「那是懶得跟他計較。」韓尙淵稍微鬆開了手，與我拉開一些距離，垂眸看我，「要說『拿他沒辦法』的人，妳是唯一一個。」

「所以呢？」我故意反問。

「所以妳要誇獎我才行啊。」他低笑著湊近，稍稍過長的瀏海垂下來，擋住了眼睛。

我抬手將那撮頭髮往上梳，模仿他平時的舉動，在他髮頂輕拍了兩下，「好棒好棒。」

他沒料到我會這麼做，雙眸先是驚訝地微微睜圓，接著似乎感到有趣，又瞇起眼道：「嗯，這橋段感覺也可以寫進去。」

「寫進去……你是指那篇小說？」我的視線不自覺飄向被合起的筆電，「話說你的結局打算怎麼寫？短篇應該不好收尾。」

既然是遊戲人物，那麼紗由梨勢必要回到遊戲世界裡吧？況且他昨天也問過我，關於「必須分開」的問題，或許他腦子裡已經有大致的構想了，只差如何呈現。

「紗由梨是在遊戲五週年活動的時候，透過手機穿越的，慶祝活動爲期一個月，結束時就會以同樣的方式被送回去……我當初的構想是這樣。」韓尙淵移動筆電，打開一個內容較凌亂的草稿文件，「而且中間就開始暗示她的身影會莫名變淡，越接近回去的日子，頻率就越高。」

我想看得更清楚些，於是向前傾身，豈料我和韓尙淵的額頭就這樣碰在一起，目光也旋即接觸。

互望了幾秒，我們同時笑出聲來。

「這也要寫嗎？」總感覺不太好意思。

明明沒有撞痛，他還是按住我的額角，掌心的溫度很暖，「不了，這我就自己留著吧。」

陡然放輕的語調，宛若微風般拂過心湖，總能漾起一圈又一圈的漣漪。

凝睇他的雙眼，我徐緩啟口：「你昨天問的問題，我不是還沒回答嗎？」

韓尚淵面上閃過一絲疑惑，下一秒又會意過來，我指的是昨晚造成誤會的那番提問。他立刻露出洗耳恭聽的模樣，害我壓抑不住唇角上揚的弧度。

「會再次遇見的。」我深吸了口氣，一字一句認眞地說：「就算分開了，那也不是結束，一定不是。」

就算曾被時光之流沖散，我和他，我們不也重新在未來相逢了嗎？

聽出了我話中的深意，韓尚淵眼神一亮，繼而頷首溫聲道：「看來妳跟我想的完全一樣。」

「不過可以的話當然還是不要分開。」我咕噥著補了句。「這很重要。」

「放心。」他揉揉我的頭髮，「我絕對比妳更不願意。」

跟韓尚淵在一起的時候，總有那麼幾個瞬間，會讓我慶幸，原來自己的運氣眞的很好。

隨後，整點的鐘聲響了起來，他看了眼錶，很快將桌面上的東西都整理好，塞進背包裡，並收起筆電。

「去吃飯吧。」繞出座位之際，他亦回頭朝我伸出一隻手。

「好啊。」我背起包包起身，握住他的手，邁步跟上。

一如往常，卻也如此安心、幸福。

因爲在他身邊。

後記
走過的路亦通向未來

《等下一首情歌》的旅程可謂是個驚喜，也是個奇蹟。

在這部作品開稿之前，我經歷了一段相當難熬的時期，除了心理狀態出問題外，連身體都因爲肌筋膜疼痛症候群的影響，只能暫緩寫作。間隔半年多，重新回到創作行列時，對於寫作的生疏以及流失的讀者群，都讓我適應困難、失去信心。那陣子我一直在思索……究竟該怎麼做，才能重拾熱忱，讓自己對寫小說的愛，能毫無顧忌地持續下去？

爲尋求一個試煉和自我證明的機會，我決定參加隔年的POPO原創小說大賞，並設定了「愛情、幻想兩組別都要參加並完賽」的目標，鞭策自己盡力去寫，而《等下一首情歌》便是在如此衝勁下首先完成的作品。

《等下一首情歌》最初的靈感來自我高中時代，校車上有個和我同站下車的學弟，他常常差點睡過站，總是被他人叫醒後，才匆匆下車。偶然想起時，我不禁覺得，若把這橋段放進小說裡，說不定會很可愛呢？而且充滿青春氣息的校園愛情也是我愛不釋手的題材，所以很快便定下了故事類型。

此外，我還嘗試了一種新的故事發想方法：隨意想出幾個毫無關聯的小標籤，從中進行劇情的構思跟設定（除了「睡過頭被叫醒」外，還有「青梅竹馬」、「手遊抽卡歐洲人」、「單戀」等等），過程雖然燒腦但也十分有趣！讓我久違地找回寫作時最純粹的快樂。

網路連載的過程中，有許多文友和讀者對女主角姒妍的境遇感到生氣或難受，其實她習慣隱忍及遷就的性格，是我非常著重想呈現的一點。畢竟無論在愛情、親情，或是在一般人際關係中，一直都有這類「永遠以他人爲優先」的傻瓜存在，假如又碰上賴毅森這種「已習慣被優待」的人，那簡直是場惡作劇。

賴毅森也許能成爲姒妍傾慕和嚮往的對象，可兩人若變成情侶，姒妍壓抑的心病，恐怕無法被醫治，結局終將以悲劇收場吧。

相較之下，韓尙淵與姒妍相識的時間雖不如賴毅森來得長，可他會引導姒妍，讓她把目光放回自己身上，同時也不會過度干涉她的想法。加上韓尙淵個性沉穩，能夠成熟地接住姒妍的情緒，兩人在一起會更容易走得長久。

當然，韓尙淵也因爲我的私心添加了些反差的元素，寫他時，我總會不知不覺露出笑容，尤其他與堂妹韓佳音的互動，大概承包了不少笑料吧！

此外，連載初期，許多人都很好奇穎童的人物定位，不曉得看完作品的你猜到了嗎？

穎童的個性隨和好相處，卻絕對不是個單純如白紙的角色。她會在人群中敏銳把握住人們的想法，選擇對自身有利的生活方式，又不至於拋棄善良。然而，再怎麼自信機靈，也不可能事事順心，朋友擅自爲她出頭跟卡式爐事件，就成了她沒料到的變因，進而造成傷害。

最後，謝謝所有喜愛這部作品的人，謝謝POPO原創給予的機會。儘管我不是個容易自我肯定的創作者，但感謝一路走來，總有願意鍥而不捨對我說「妳很棒」的人！（鞠躬）

願創作和閱讀的能量始終與我們同在。

抒靈，於太陽公公有點太熱情的穀雨

國家圖書館出版品預行編目資料

等下一首情歌／抒靈著. -- 初版. -- 臺北市：POPO原創出版，城邦原創股份有限公司出版：英屬蓋曼群島商家庭傳媒股份有限公司城邦分公司發行, 2025.09
面；　公分. --
ISBN 978-626-7710-56-2（平裝）

863.57　　114011077

等下一首情歌

作　　者／抒靈
責任編輯／鄭啟樺　行銷業務／林政杰　版　　權／李婷雯

內容運營組長／李曉芳
副總經理／陳靜芬
總 經 理／黃淑貞
發 行 人／何飛鵬
法律顧問／元禾法律事務所　王子文律師
出　　版／POPO原創出版
城邦原創股份有限公司
台北市南港區昆陽街 16 號 4 樓
電話：(02) 2509-5506　傳真：(02) 2500-1933
email：service@popo.tw
發　　行／英屬蓋曼群島商家庭傳媒股份有限公司城邦分公司
聯絡地址：台北市南港區昆陽街 16 號 8 樓
書虫客服服務專線：(02) 25007718・(02) 25007719
24小時傳真服務：(02) 25001990・(02) 25001991
服務時間：週一至週五09:30-12:00・13:30-17:00
郵撥帳號：19863813　戶名：書虫股份有限公司
讀者服務信箱 email：service@readingclub.com.tw
城邦讀書花園網址：www.cite.com.tw
香港發行所／城邦（香港）出版集團有限公司
地址：香港九龍土瓜灣土瓜灣道86號順聯工業大廈6樓A室
email：hkcite@biznetvigator.com
電話：(852) 25086231　傳真：(852) 25789337
馬新發行所／城邦（馬新）出版集團 Cité(M)Sdn. Bhd.
41, Jalan Radin Anum, Bandar Baru Sri Petaling,
57000 Kuala Lumpur, Malaysia.
電話：(603) 90563833　傳真：(603) 90576622
email：services@cite.my

封面設計／也津
電腦排版／游淑萍
印　　刷／漾格科技股份有限公司
經 銷 商／聯合發行股份有限公司
電話：(02)2917-8022　傳真：(02)2911-0053

■ 2025 年9月初版　　Printed in Taiwan

定價 / 350元

ISBN　978-626-7710-56-2

POPO原創出版 www.popo.tw
城邦讀書花園 www.cite.com.tw